“我叫沃哲，
请多关照！”

冰块儿

少说几句

冰块儿 著

廣東旅游出版社
GUANGDONG TRAVEL & TOURISM PRESS
悦读书·悦旅行·悦享人生
中国·广州

图书在版编目（CIP）数据

少说几句 / 冰块儿著 . — 广州 : 广东旅游出版社，2022.6

ISBN 978-7-5570-2573-1

Ⅰ . ①少… Ⅱ . ①冰… Ⅲ . ①中篇小说—中国—当代 Ⅳ . ① I247.5

中国版本图书馆 CIP 数据核字 (2021) 第 160749 号

出 版 人：刘志松
责任编辑：周思思　杨　恬
责任技编：冼志良
责任校对：李瑞苑
封面设计：檀　书
内文设计：暖　暖
封面绘制：天空安静

少说几句

Shao Shuo Ji Ju

广东旅游出版社出版发行
（广东省广州市荔湾区沙面北街 71 号首、二层　邮编：510130）
联系电话：020-87347732
长沙鸿发印务实业有限公司
（地址：湖南省长沙市长沙县黄花工业园 3 号）
880 毫米 ×1230 毫米　32 开　9.5 印张　190 千字
2022 年 6 月第 1 版第 1 次印刷
定价：42.80 元

目录

contents

第一章 学弟

Shao Shuo Ji Ju

九月初，T大校园里，午日正烈，空气静谧，唯有蝉鸣声回荡在树林与教学楼间。

“砰！”一道沉闷的巨响划破了这份宁静。

“你活腻了？”蒋少琰活动了一下手腕，手指骨节按得咔咔响，又转了转脖颈，眼睛一眨不眨地盯着对面贴着墙的男生，一双黑亮的眸子透着狠厉。

“你想死，我送你一程。”

在操场上活动的学生听到这声巨响，猛然一惊，惊吓之后便凑热闹般围过来，却又不敢靠得太近。有几个认得蒋少琰的人在一边小声议论：

“这新生吧，蒋少琰都敢招惹……”

“今天，琰哥又教学弟做人了。”

“打起来打起来，我赌琰哥赢！”

地上翻倒了一个垃圾桶，铁质的表皮凹陷下去一块，显然它刚经受了惨无人道的暴力对待，里面的饮料瓶、果皮、废纸等散落了一地，还有污水漏了出来，一地污浊。

那个贴在墙上的男生刚才堪堪躲过飞来的垃圾桶，惊魂未定，自言自语一般骂了一句。

这个铁皮垃圾桶少说有三四十斤，面前模样俊俏的蒋少琰竟然一只手就砸了过来。

这人得是有多大的力气？

眼见其他同学围在一边窃窃私语，男生面子上有点过不去。自己才刚入学，这传出去以后还怎么混？

他咽了口唾沫，大声嚷道："以大欺小，好意思吗？也不看看自己多大年纪！"

还没过二十一岁生日的蒋少琰眯起了眼睛。

一小时后，教务主任办公室。

"蒋少琰，又是你！这才开学几天啊！"沈咏梅恨铁不成钢，"我在这学校待了二十多年，第一次见到你这么皮的学生！"

蒋少琰咧嘴一笑："是酷吧，沈主任？"

"你还顶嘴！"沈咏梅感到头痛，扶着额头坐下，"人家家长想找你兴师问罪，多亏我替你挡着。"

"一个比我高大的男生被打进医院，还好意思找我问罪，不嫌丢人吗？"

沈咏梅气得从椅子上站了起来："是，就你出息，就你能耐，可把你厉害坏了！你信不信我这就喊你爸来？"

蒋少琰撇撇嘴："好啦，姑妈，我的好姑妈，我保证下回一定和平解决。”

“你每回都这么说！哪次听话了？你能不能让我和你爸省点心？”

“我也没办法。”他原本站得还算笔直，这会儿又松垮了下来，斜斜地靠着办公桌，线条紧致的白皙手臂撑在身体两侧，一副漫不经心的样子。

“谁让他们先来惹我。还比我菜。”

沈咏梅拿他没办法：“虽然主要是他们的错，但你也该注意着点儿，你的体质……”

“姑妈，我知道。”蒋少琰出声打断沈咏梅，“我会处理好的。”

“你能处理好什么呀？你那过敏症快愁死我了，万一哪天打架的时候突然发作，多危险啊。”

当初蒋少琰快到十八岁的时候，突然出现过敏症状，从此之后只能长期服用过敏药，这事学校里不少人都知道。

他的个性强硬，虽然身上带着这枚不知何时会爆炸的炸弹，但依旧无所畏惧，在大学“横行”三年，收拾过的恶劣男生不计其数，如今许多低年级的人，见了他都得尊称一声“琰哥”。

蒋少琰抬起手腕看了眼时间：“姑妈，我得回宿舍了。天气预报说一会儿要下雷阵雨，我的衣服还晾在外面呢。”

沈咏梅无奈地挥了挥手：“去吧，去吧，这事我给你处理。你好好读书，别再惹事了！”

“好咧。”

蒋少琰出了办公室后，一路往宿舍楼走。大雨前的空气总是闷得要命，一股子无名火憋在皮肤下冒不出来，他感觉自己好像流汗了，抬手去擦却又没有，着实烦人。

回到自己房间阳台收衣服的时候，天空已经被阴云笼罩，拂面刮来的风夹杂着热气与水汽，身上憋了半天的汗突然就冒了出来，然后立刻又被风吹干，蒋少琰顿时感觉舒爽许多。

有几件衣服晾得高了些，蒋少琰伸长手臂去够，随即感到一阵细微的酸痛在手臂皮肤下的血管里走了个来回。

他一脸烦躁，骂了一声。

以前那么重的垃圾桶，他拎起来一点儿不费事，可今天一只手砸过去的时候，竟然暗暗借了身上其他地方的力，否则根本达不到震慑人的威力。

外边铅灰色的厚重云层里突然闪过一道白光，几秒后炸了一道惊天动地的响雷。

憋了许久的雨点终于落下来，一开始淅淅沥沥，紧接着迅速壮大声势，变为滂沱大雨，连风都卷不走，噼里啪啦砸在阳台的围栏上，溅下来的雨珠顷刻间打湿了大片阳台地面。

蒋少琰收衣服收得太急，一不小心，刚取下来的一件干净T恤就掉在地上，被地上的雨水浸湿了。他抓起衣服，连忙转身进了房间，关上阳台门，大雨瞬时被阻挡在门后。

蒋少琰心里烦得很，随手把一摞干净的衣服往床上一扔，麻利地脱了衣服，进卫生间冲凉，洗掉一身黏腻的汗，这才感觉清爽些。接着，他把擦头发的毛巾往肩上一搭，将换下来的脏衣服和那件湿T恤扔进了盆里。然后蒋少琰端着盆，穿着背心，趿着拖鞋，走出了房间。

T大的宿舍楼条件不错，全是两人间，每个房间都有独立卫生间，但蒋少琰懒得自己洗，通常都去洗衣房用付费洗衣机，那儿来来往往的男生不少，不乏光着膀子故意秀肌肉的帅哥。

这样的男生向来受到追捧，在校内可谓呼风唤雨，所以他们往往容易变得骄傲自大，目中无人。

这种人蒋少琰根本不想接触，也不想认识，况且他心里也清楚，自己这种性格，怕是也融入不了那些人的圈子。

他十五岁时就以一人之力打趴了两个同级的大块头，一战成名，成了当时他们初中当之无愧的“琰哥”。

他一向只做独狼，不屑与人为伍。

可沈咏梅说得也有道理，如今他树敌太多，过敏症这个弱点又广为人知，万一有人趁他发病时前来报复，他的下场不容乐观。

或许……是该找个同伴了。

而且这个人，必须比他更强。

洗衣房在这层楼走廊的尽头，蒋少琰进去后走到一台洗衣机前，插上自己的洗衣卡，把衣服一股脑丢了进去，撒了点洗衣粉，关上洗衣机的盖子，按下开关，便坐到一旁的长椅上等着。

他拿出手机刷了一会儿。最近没什么新鲜事，首页只有关注的几十个宠物博主每天发的一些萌宠图。

他很喜欢动物，猫、狗、鸟之类的都喜欢。原本家里养了一条金毛和两只布偶，可惜上大学后住校，照顾不过来，就把它们寄养到爷爷奶奶家去了。

蒋少琰正刷着手机，好友群里突然弹出一条消息。

柳函：@蒋少琰，琰哥，今天又教谁做人了？

对方还附了一张图片。

蒋少琰点开图片一看，是下午自己跟那个男生对峙的场景。不知道是哪个围观群众偷拍的。

罗永恒：估计是今年的大一新生吧。咱们学校还有谁这么不怕死，敢故意招惹琰哥？

许倩：让我们为琰哥的第32个手下败将默哀3.2秒。

蒋少琰：你怎么记得这么清楚？

许倩：你的论坛专属楼里大家都替你数着呢。

蒋少琰不怎么看学校论坛，隐约知道自己有个楼，但没点开看过。他最清楚自己是什么样，没必要去看别人的评价。

蒋少琰湿着的头发垂在两侧，发梢的水珠滴到了手机屏幕上，模糊了字。蒋少琰拿毛巾擦了擦头发，发现好友群又发了一条消息。

柳函：少琰，今天我听宿管说，你们公寓要新来一个大一的学弟。

蒋少琰拿毛巾擦头发的动作顿住，深深皱起了眉。

蒋少琰：我从来不跟其他人住。

柳函：没办法，听说是关系户，指名要跟你住。

关系户？还指名？这两个词合一起，在蒋少琰脑海里呈现出来就一句话——欠揍，极其欠揍。

蒋少琰：呵呵。

柳函：……

罗永恒：我感觉数字马上要上升到33了。

许倩：请把“我感觉”去掉。

这下蒋少琰连手机都不想看了：今天怎么这么多破事?

他自从入学起就是一个人住一个房间，乐得清静。仗着教务主任是姑妈，自然没人说什么，结果现在居然要跟别人一起住。

疯了吧?

蒋少琰立刻打电话给姑妈，电话响了两三下对方就接了起来。

“你又给我惹事了？”沈咏梅以为他就这么一会儿又犯事了。

“姑妈，宿管说有个男生要来我公寓住。”他说话的语气故意带了点撒娇的意味,“我不要,让那个人去其他公寓住。”

沈咏梅一顿，过了几秒才说：“你说的事我知道，可人家是校长那边的关系，我也没办法。不过……这个人应该对你没什么影响。”

蒋少琰一听这关系户后台这么硬，明白姑妈确实无能为力，只能被迫接受现实。

反正自己有一百种方法让对方自愿滚蛋。

蒋少琰刚挂电话，洗衣房的门就被推开了。蒋少琰不经意地回头，看了眼来人，目光顿住。

邹锐端着一盆衣服走了进来，穿着一件背心，身体的肌肉十分结实，低领口，露出半截胸肌，小麦色的皮肤上沾着的水珠沿着胸膛和手臂往下流去。

邹锐看见他，眨了眨眼：“你也来洗衣服？”

蒋少琰觉得这个问题有点弱智，但是邹锐问了，自己就勉强应了一句。

“嗯。”

作为校篮球队的队长，体格强壮的邹锐相当受人崇拜，每次比赛进行到激烈处时，他身上爆发出的雄性荷尔蒙能让一众女生腿软。男生之间总有种慕强心理，所以想跟他结交的人不在少数。

邹锐除了行为举止有时透着一点油腻浮夸，性格还算随和，不自大狂妄，长得也不错，蒋少琰对邹锐的印象不坏。

邹锐对蒋少琰似乎也颇为欣赏，经常在手机上找他聊天，除此之外，两人就没有什么交情了。两人认识快一年了，熟是熟了，可始终没深聊过。

蒋少琰想了想，抛出一个话题：“邹锐，你的肌肉练得不错，怎么练的？”

邹锐关上洗衣机盖，闻言转过身来，绷起自己的肱二头肌：“你说这儿？还是这儿？”他又撩起衣摆，露出自己的腹肌。

蒋少琰：“……”

邹锐完全没有察觉到蒋少琰很无语：“其实有个方法可以练全身的肌肉。”

“什么方法？”

“平板支撑，我每次能撑十分钟。”邹锐走近了两步，看着他，自以为帅气地勾起嘴角，弧度夸张。

蒋少琰：“……”

每当邹锐做出这些自信又油腻的举止时，他就觉得自己还是离这人远点为妙。

他忍着不适跟邹锐又扯了一会儿，衣服总算洗好了，自己实在想不出其他话题，干脆地说：“我先走了。”

“嗯，回聊。”邹锐摇了摇手里的手机，意有所指。

蒋少琰点了点头，待走出门后才长舒一口气。

找个正常人当伙伴怎么这么难。

虽然柳函说有个新生要来和蒋少琰同住，但蒋少琰没想到对方来得这么快。

蒋少琰端着洗好的衣服回到自己房间时，发现房间门敞开着——自己半小时前出门的时候门明明锁好了。

他往里走了两步，发现木门隔开的另一个小空间里，空床边上有个不认识的人。

“喂。”

那男生被他突如其来的声音吓了一跳，原本正在弯着腰在整理行李，闻言猛地直起身转过来看向他。

蒋少琰：“……”

这个大一的学弟个头还挺高，比他高了近一个头，带着些惊慌的脸相当英俊，有几分刚从高中出来的少年气。

那男生看清了站在公寓门口的人后，怔了一秒，下一瞬间，脸上绽开一个分外耀眼的笑容。

“学长，你好！”

男生向前走了几步，站在蒋少琰面前，腼腆地说：“我叫汪哲，请多关照。”

离得近了，蒋少琰才发现这个男生的眼睛是褐绿色的，鼻梁高挺，眼窝深陷，面容轮廓与一般亚洲人稍有不同。

“你是混血儿？”

汪哲被看得有些不好意思：“嗯，我爷爷是D国人。”

这个男生似乎还挺友善，蒋少琰心想。但随即想到对方“指名”要跟自己住，脸色就冷了下来。

“为什么你非要跟我住？我们认识吗？”

汪哲没想到他这么直接，顿时有点不知所措，吞吞吐吐道：“也不算认识，我们以前见过，但学长应该没印象了。”

蒋少琰一脸好奇：“我们在哪儿见过？”

“以前我被人欺负的时候，学长帮我赶跑过那些人。”

“你被欺负？”蒋少琰像听到了什么非常好笑的事，“你这么弱吗？”

这样体格的男生被欺负这种事，虽然在蒋少琰这儿是有可能的，但并不常见，甚至可以说是匪夷所思的，何况面前高大的男生看起来并不瘦弱。

汪哲眼神闪躲着，似乎不想说。蒋少琰便没再提，转了话头：“所以你跟我住一起是想干吗？来当我小弟？”

汪哲抓着自己的衣角，揉作一团，紧张得额头冒虚汗，张了张嘴想说些什么，又立刻抿起唇。

“说话啊。”蒋少琰觉得莫名其妙，自己就没见过这么
屃兮兮的男生。

“学长，我……”

汪哲踌躇再三，像终于下定了决心，睁大褐绿色的眼眸，坚定地看向他：“我想保护你！”

蒋少琰愣住了。

没想到第一次见面的学弟居然说要保护他，而且态度还这样认真。

想接近校内风云人物的人并不在少数，哪怕是像蒋少琰这样暴脾气的人，也不是没人敢上来打交道。只是那些人大多是想利用他，没有谁是抱着真心来的。

像“我保护你”这种话，从来没有人认认真真跟他说过。

“就因为我帮过你？”

蒋少琰不是很能理解汪哲。自己帮助过的弱小多了去了，以前也没见哪个像他这样的。

汪哲的勇气似乎在刚刚花完了，此刻他又慌张起来：“啊，我不知道……反正我就是很崇拜学长。”

蒋少琰皱起了眉。

连这点事都说不清楚，这人怎么回事？

虽然这人方才的话让他有些意外，但回过神来，蒋少琰并不觉得面前这个性格看起来很弱的男生能成为自己的朋友。

不过念在对方态度端正的分上，蒋少琰还是决定给这人一次机会。

“来，过两招，我试试你的身手。”

这是他最大限度的让步了。

汪哲听了这话，站在原地一动不动，表情呆呆的，不知道在想些什么，半晌后才说道：“我……我不会。”

“打住。”蒋少琰毫不留情地打断了他的话，“想保护我的人必须够强，你不合适，放弃吧。”

汪哲怔住了，随后眼里的喜悦一点点消失，连带着眼眸也暗淡下去，原本的褐绿变得有些灰暗。

“嗯。”

他低下头，高大的身形耷拉了下来，蒋少琰不禁联想到自家那只温顺的大金毛委屈时候的样子，不由得伸手拍了拍对方的肩膀：“又㞞又乖，怪不得别人要欺负你。”

汪哲脸上的沮丧还没褪去，不过因这个举动勉强带上了一分笑意：“学长，那我还可以跟你住一起吗？”

蒋少琰想了想，这个人确实如姑妈所说，没什么威胁性，自己也制得住。

“行，你先住着，要是表现不好，我再赶你出去。”

汪哲的嘴角又垮了下来：“你不要赶我走，好不好？学长，我很乖的。”

“看你表现。”蒋少琰毫不松口。

单方面谈妥之后，蒋少琰还算积极，担起了学长的责任，帮汪哲把行李一起整理了，顺带说了一些合住公寓的注意事项。谈话间，蒋少琰得知校长是汪哲的伯伯，心想难怪他可以走关系指定居住房间。

蒋少琰一开始挺烦有个人要和自己一起住，但现在又不这么觉得了。汪哲就像一只体型偏大的宠物，乖得很，让他做什么他就做什么，没要求他做的比如打扫卫生也全包了，除了过于积极热情之外，倒是一位十分理想的室友。

也罢，就当自己养了一只宠物吧。

周一一大早，蒋少琰按惯例打着哈欠踩点进教室。

八卦王柳函立刻凑了过来："让哥看看你有没有少胳膊少腿。"

蒋少琰一巴掌把他的咸猪手拍开："滚，拒绝性骚扰。"

柳函："哈哈哈，瞧你这话说的。"

罗永恒和许倩也围了过来。许倩问："不是说那个男生前天就住进你公寓了吗？"

蒋少琰突然笑了："你们好像很期待发生什么。"

三人被这让人毛骨悚然的笑容吓得心里一凉，正逢上课铃打响，急忙回了自己的座位。

蒋少琰撑着头听课，困意又有点上来了，于是往嘴里扔了一颗强劲的薄荷糖，这才稍微清醒些。眼睛盯着前面的投影屏幕，脑子里却开始不着边际地想其他事。

汪哲还真不是在藏拙，两人同住了两天，他丝毫没觉得这人有什么脾气。

按理说，在这个年纪，就算刻意压着自己的脾气，室友日常相处间也多多少少会发生一些矛盾。

蒋少琰一脸烦躁，抓了抓头发。自己担心这么多做什么？

反正只要对方不死脑筋，一个劲儿来烦自己就行。

然而汪哲还真的是一个死脑筋。

下午上体育课，蒋少琰刚进操场，想找一个篮球架练练手时，就看到塑胶跑道边上站着一群学生，人群之中有个高个子挺显眼，可不就是自己的新室友吗？

午后的太阳光线有些灼眼，蒋少琰眯起了眼睛，随意打量了一下不远处的汪哲。

他的头发在阳光下偏深棕色，不是亚洲人的纯黑，不笑的时候，站在那儿还挺有气势。

走在蒋少琰身旁的柳函见身边的好友步伐慢了，顺着好友的视线望过去——

“我说你看什么呢，原来有个大帅哥啊。”

柳函也一眼就注意到了汪哲，他立马来了劲儿：“这谁呀？哥给你去打听打听？”

蒋少琰说：“这是我室友。”

柳函惊奇出声：“啊？”

蒋少琰收回视线，朝篮球架走去，柳函从后边追了过来，一脸不可思议道：“我的琰宝啊，你这新室友不错呀，挺招人喜欢的。”

一瞬间，蒋少琰一记凌厉的眼刀甩过去：“你再喊一遍试试？”

柳函“嘿嘿”笑了两声，却还是忍不住好奇道：“说真的，我觉得这个小学弟看着还不错。”

蒋少琰道：“他太弱了。”

柳函："……"

能让蒋少琰觉得够强的人，全校估计就那么十来个吧。

蒋少琰走到篮球架下，抬手把T恤的短袖卷到肩上，露出一整截白皙的手臂，在太阳底下有些晃眼。

他的皮肤天生就比较白皙柔嫩，不容易晒黑，就算黑了也很快会白回来。他一直想拥有那种健康的小麦肤色，可惜基因不允许。所幸他还是练出了肌肉，线条流畅。虽然练不出十分强壮的体格，但身材算是结实的了。

蒋少琰拿起篮球在原地运了几下，刚准备投个篮热热身，余光就瞟到对面有个人在用力挥手。

汪哲喊道："学长！学长！"

蒋少琰："……"

某只大型犬边叫喊着边从跑道上小跑了过来。

"学长，好巧啊！"

巧什么，一个院系的，体育课当然在一起上。

蒋少琰虽然腹诽，但念在汪哲承包了公寓卫生的分上，耐着性子回了他一句："哦。"

一旁围观的柳函："你对人家友善点啊。"

蒋少琰瞪了柳函一眼。

汪哲不以为意，笑得露出一口白牙："我们一会儿测体能，跑一千五百米，学长要来看吗？"

蒋少琰觉得莫名其妙："不看，跑步有什么好看的。"

柳函实在看不下去了，插嘴道："学弟你好，我是蒋少琰的同学，我叫柳函。你呢？”

汪哲在面对陌生人时有些腼腆，声音也低了下去：“我叫汪哲。”

柳函一下就明白为什么蒋少琰对汪哲这态度了，虽然他看着挺阳光的，但性格太温吞了。

汪哲似乎还不死心，又问了一遍：“你真的不看吗？我……我跑挺快的。”

蒋少琰有点烦了：“没空，我要打球。”

汪哲点点头，浅笑道：“好，学长加油，我跑完就过来看你。”说完，他挥了挥手，一溜烟儿跑回了自己班级的队伍。

他们俩对话的一幕被周围同学瞧见了。难得有个不认识的男生跟蒋少琰聊天还没被揍，其他几个一起打篮球的男生好奇地围了过来，其中一个人问：“琰哥，那谁啊？”

“新室友，想打进我的好友圈。”蒋少琰言简意赅地概括。

众人皆无语，现在毫无套问八卦的机会。

柳函有点儿心疼汪哲：“人家那么热情，你好歹去看一眼。”

蒋少琰后仰起跳，手臂一推抛出篮球，三分投篮，进了，然后说道：“他自愿的，关我什么事？要看你自己去看。”

话说到这份上，柳函也知道蒋少琰对这个学弟确实没什么耐心了，只得悻悻然作罢，加入打篮球的行列。不过打球期间和中场休息的时候，柳函还是往跑道那边观察了一会儿。

体能测试是四人一组，汪哲的运气不太好，迟迟轮不到他。他时不时往篮球场这边看，样子有些焦急又有些期待。可是直到他上场，蒋少琰都没往他那儿看一眼。

柳函看见体育老师一声令下，汪哲像离弦的箭一样冲了出去。他果然跑得很快，宽松的T恤和运动长裤被奔跑间带出的风压得紧贴在身上，每一次跨步和挥臂都显示出他身体内蕴藏的强大力量。

汪哲跑到最后一圈的时候已经遥遥领先。他又转头看了一眼蒋少琰所在的位置，见蒋少琰还是没瞧自己，不由得放缓了速度，但还是第一个冲过终点线。

柳函本能地觉得这个学弟有点意思。

第二章 傻狗

Shao Shuo Ji Ju

虽然汪哲跑完的时候差不多快下课了，但他还是兴冲冲地跑过来，赶上了蒋少琰最后一次投篮。

“好，学长投得真准！”他在场边鼓起了掌，相当捧场。

蒋少琰不耐烦地道：“闭嘴。”

快来个人把这家伙拖走好吗？

下课铃响了，有几个下节课要上课的班级进了操场，原本就热闹的操场又嘈杂了几分。蒋少琰看起来一副不怕人的样子，其实不怎么喜欢嘈杂的环境，当即准备走人。

更烦人的是还有个家伙在他耳边喋喋不休。

汪哲道：“学长学长，你打篮球好厉害，可以教教我吗？”

蒋少琰要是有这个耐心教人，就不会是如今T大令人望而生畏的“琰哥”了。

他忍了忍，最终还是没忍住：“你有完没完？”

汪哲还没来得及说话，突然余光瞥见一个球迅猛地向自己砸过来，直奔面门。他迅速抬手一挡，脸是没受伤，可小臂立刻被砸红了一块。

“抱歉，手滑了。”

刚进操场的邹锐慢悠悠地走过来，嘴角带着一抹刻意的笑：“我不小心走神了。”说罢，他的手臂很自然地搭上了蒋少琰的肩膀。

蒋少琰别过头看了一眼自己肩上的手，又看了一眼邹锐微挑的嘴角，皱起了眉。

这似乎是他们认识以来，邹锐最超出原有社交距离的一次举动。蒋少琰并没有为两人关系的拉近感到高兴。

他心里冷得很。

哪怕邹锐多么强，他也不喜欢这种一上来就咄咄逼人的模样。

自大又愚蠢。

邹锐打量了一会儿眼前不认识的男生，问：“少琰，这位是谁？”

蒋少琰看了一眼表情呆愣的汪哲，说：“我新室友。”

汪哲其实比邹锐还高一两厘米，可他的气势完全被压了下去。

邹锐也察觉到面前的男生看着人高马大，实则没什么威胁，于是笑了笑：“这样啊，我还以为又是找少琰麻烦的人呢。你可别在公寓里欺负我们少琰哦。”

“谁能欺负我？”蒋少琰不屑道。

邹锐笑着拍了拍蒋少琰的肩：“是，你最厉害了。”

直到邹锐离开，他们走出操场，汪哲还是一副没回过神来的傻样。

蒋少琰："喂，你跟我回公寓去。"

汪哲没说什么，一言不发地跟在蒋少琰身后，等进了小公寓楼，却突然开口问："学长，那个人是故意的吗？"

蒋少琰随口道："大概是吧。"

汪哲又不说话了。

进了公寓，蒋少琰打开自己的柜子，搬出了常用药箱，拿出一支软膏，走到垂着头坐在椅子上的汪哲面前："你把手伸出来。"

汪哲听话地伸出手："谢谢学长。"

蒋少琰拉过汪哲的手臂，看到刚才泛红的地方已经变青了——邹锐力气大，这一砸估计下了狠劲。汪哲毕竟是因自己受伤的，这份人情只能自己来还了。

"我替他道歉，他这人是冲动了些。"

汪哲微笑道："没事，我皮厚，而且学长帮我擦药，我高兴还来不及呢。"

蒋少琰动作一顿，这人未免太过乐观了。

"你不生气吗？他故意砸你这事儿？"

汪哲却笑了笑，只是笑容不怎么真切："他砸我挺正常的……之前我不知道学长你身边的朋友都是怎样的，还缠着你，现在我知道了，是我没有自知之明，对不起。"

他越说声音越轻，脑袋也低了下去。

蒋少琰揉了一把汪哲凌乱的头发："没什么可对不起的，他不算是我的朋友。"

汪哲闻言，瞬间抬起头，眼睛亮晶晶的，像暗绿的宝石，散发着幽幽光芒。

“不过你确实放弃那个念头比较好。”蒋少琰补了一句，不想让他期待值太高。

汪哲神情一变：“这我做不到。学长觉得我不够强，我就当好你的室友；等学长觉得我足够强的时候，我就可以抬头挺胸站在你身边，成为你并肩前行的伙伴。这是我来大学之前就想好的，不会变。”

蒋少琰发现汪哲大多数时候脾气很温和，但一到这种事上就格外固执。

“行，你爱怎样就怎样吧，但别怪我没告诉过你，在你变强之前，不管你怎么积极，我可能都不会给你什么好脸色，到时候你别来我这儿委屈，我不吃这套。”

他把话说明白了，残忍是残忍了点，但能早点让对方认清现实，省得日后麻烦。

汪哲倒很平静，像早就预料到会这样：“嗯，其实我本来也没抱多大希望，学长那么厉害，我确实差远了，但我还是想努力一下。”

他抓了抓自己的头发，似乎不太好意思。

蒋少琰有点心烦，不知道是烦他这么没自信的样子，还是烦他明知没希望仍不肯放弃。

但蒋少琰懒得去纠结，把药膏往汪哲身上一扔，指了指他的手：“你记得擦药。”随后便进卫生间冲凉去了。

晚上十点多，邹锐发了信息来，问他出不出去喝酒。蒋少琰以前跟他去喝过一次酒，但到场的全是些乱七八糟的人，聚在一起拼酒喧哗，吵得人头疼，当即回道：我躺下了，改天吧。

邹锐：不是吧，这么早？哪个大学生像你这么早睡。

其实蒋少琰只是躺在床上了而已，并没有打算立刻睡，但为了防止邹锐让自己出去，便回道：今天我有点累了。

邹锐半晌没回复，蒋少琰以为他放弃了，结果没一会儿，对方打了个语音通话过来。

蒋少琰心情不太爽，接通电话："喂。"

"少琰，你公寓房间里那个人是不是挺崇拜你啊？"

邹锐突然问了这么一句，蒋少琰一愣，朝在沙发上坐着的汪哲看了一眼。

汪哲很敏锐地注意到蒋少琰的视线，放下手里的书，朝他笑了笑，压低了声音，怕吵到他打电话："学长，怎么了？"

蒋少琰用口型回了句"没事"，转而对电话那头的邹锐道："是。"

邹锐那边的背景音很嘈杂，似乎有一伙人在闹，邹锐的声音含笑："那你对他有什么看法？"

蒋少琰说："没什么看法。"

邹锐说："我就知道。他太弱了，你崇拜强者，对吗？"

蒋少琰对邹锐得意的语气有点反感。

他对汪哲冷淡，并不是因为汪哲"柔弱"；邹锐却在话里话外以此贬低汪哲，优越感十足。

蒋少琰正欲辩驳两句，邹锐突然开口："那我呢？你对我有什么看法？”

蒋少琰：“……”

邹锐相当自信：“你挺欣赏我的，对不对？要不要哥以后罩着你，保护你？你应该也知道自己处境有点危险吧。”

蒋少琰听到这句话，第一反应居然不是别的情绪，这一瞬间他想到的是汪哲那天说那番话的场景。

当时他那双褐绿的眼里满是认真与期待，声音小心翼翼又无比坚定。

有些话明明只是把人称调换了位置而已，怎么听起来完全不一样？

蒋少琰看不到此刻邹锐脸上的表情，不知道他是以何种神情说出这番话的，不由得陷入想象中，一时没作声。

邹锐没得到答复，有些急了。他刚放出话，身边一众朋友都等着热闹呢，这个脸他可丢不起，于是又问了一遍：“少琰，你吱个声啊，你到底怎么想的？”

不知为何，蒋少琰又不自觉地朝汪哲那儿看去——汪哲还看着这边，似乎从自己接了电话起，他的目光就没离开过。

两人的视线对上，汪哲有些不自在，挠了挠自己的鼻子，然后回看过来，眼神柔和地投向他，嘴角的笑意很温暖。

“我确实有点儿欣赏你。”

蒋少琰看着汪哲，对电话里的邹锐说。

汪哲脸上的笑一下子僵住了，显然意识到蒋少琰是在跟谁打电话，在聊些什么。

邹锐似乎很高兴，大笑了几声：“那就好。你叫声锐哥来听听？”

蒋少琰遂了他的意：“锐哥。”

邹锐笑得越发得意开心，又讲了几句，最后架不住旁边人劝酒，先行挂了电话。

蒋少琰这才发现，邹锐还没有说他对自己的态度。

小房间的门半掩着，汪哲不知何时已经躺下了，背对着外面，只能看见被子隆起一大团，几乎看不见人，异常安静。

蒋少琰把宿舍里的大灯一关，也难得地早早睡下了。

他才没那么好心去安慰对方，话早就说明白了，伤心也好，失落也好，都是对方自找的。

如果说人生总要遭遇几个浑蛋才能成长，那自己不介意当这个浑蛋。

通了那个电话之后，邹锐倒是积极了些。以往他看到蒋少琰只是打个招呼聊几句，这回竟然主动在教室门口等蒋少琰下课一起去吃饭。

“锐哥，我觉得你可能没懂我的意思。”蒋少琰皱着眉，把邹锐搭在自己肩上的手拉开。

邹锐满不在乎，手又搭了上来：“不是要让哥罩着你吗？这样怎么了？”

蒋少琰面无表情道：“我只是说有点欣赏你，但没说以后要靠你照顾。”

“什么？”邹锐惊了，他向来被别人追捧惯了，头一次这么主动，以为蒋少琰怎么着也该感动一番，没想到对方居然是这么个态度。

他心中不快，但一看蒋少琰那副冷淡的神色，就知道这人傲气得很，如果话说凶了必然会产生反效果，只能把自己的气闷按捺下去。

“行，你说什么就是什么，反正我一定会让你彻底为我折服的。”

蒋少琰看了他一眼，他这句话说得霸气，自己的内心却毫无波动。

几乎所有不够熟悉蒋少琰的人都觉得他脾气太冲，不好相处。蒋少琰想，其实想和自己走得近真的不难，自己本来就欣赏邹锐的某些地方，只要对方足够真心实意，交心也不是什么难事。

可偏偏就差了这最重要的一点。

两人一起进了食堂，在蒋少琰的坚持下，邹锐没再做出别的动作，但他会时不时凑过来挨着蒋少琰说话，想引人注目的心情十分明显。

“你找个位子坐着，我去给你买饭。”邹锐主动说。

蒋少琰乐得有人跑腿，没推辞，转身去找座位。

此时正值饭点，食堂里熙熙攘攘的都是学生，空着的座位没剩多少。蒋少琰目光一扫，瞧见了柳函正边吃饭边跟对面的人说话，他旁边还有两个空座。

他迈开长腿走了过去，正要跟柳函打声招呼，突然觉得柳函对面那个人的背影有些眼熟。

柳函也看见了他，招手喊：“哎，少琰，来这边坐！”

蒋少琰大大方方地坐到了柳函身边的座位上，这才发现对面那人是汪哲："你们怎么在一起吃饭？"

柳函："我们刚好遇上，我想跟学弟加深下了解。我们互给了联系方式。"

汪哲笑了笑，对蒋少琰说了句"学长好"便没后文了，安安静静地吃着自己的饭。

自从昨晚那个电话起，他的精神就不怎么好。

蒋少琰跟柳函扯了几句，时不时瞥两眼埋头吃饭的"大金毛"，没一会儿，邹锐端着两份饭过来了。

"你们聊什么呢？哎哟，这不是你室友吗？上次真不好意思啊，被砸到的地方还疼吗？"邹锐笑着问身旁的汪哲，语气中带了几分调侃。

汪哲捏筷子的手一紧，回道："不疼，学长帮我上了药。"蒋少琰听后不禁想笑。

这家伙居然跟邹锐怼上了，还挺有胆子。

邹锐哼笑一声，丝毫没把汪哲的回呛放在眼里，转头把筷子递给了蒋少琰："来，吃饭。"

蒋少琰拿过筷子，看了眼餐盘，盘子里是青椒肉丝、油焖茄子和洋葱牛肉。

"我不吃洋葱和青椒。"

邹锐一愣，随即笑着说："这么大的人还挑什么食啊！这些都是健康蔬菜，多吃点。"

蒋少琰拿筷子拨弄了几下餐盘里的青椒，仍然没有下嘴。他是真的不爱吃这些，闻到这些味道都讨厌，更别说吃在嘴里了。可这毕竟是邹锐排队买的，不吃显得有些矫情了，他一时难以定夺该不该勉强自己吃。

“学长不爱吃这些食物，你为什么非要让他吃？挑食怎么了，谁都有不爱吃的东西吧。”

蒋少琰抬起头，竟看到汪哲皱着眉，对邹锐一板一眼地说教。

邹锐憋着火瞪他：“关你什么事？”

眼见就要闹起来，柳函忙劝道：“别吵，有话好好说，周围这么多人呢。”

邹锐向来看重自己良好的外在形象，听到此话，便不作声了。

“我不会让学长为难。”

汪哲的声音很低，可坐在他旁边的邹锐听得一清二楚，当即火大，摔了筷子，冷笑道：“是吗？你最近可是让你学长很为难，你怎么还不赶紧滚啊？”

“闹够了没？”蒋少琰忍无可忍，“我自己再去买一份。汪哲，你别说了。”

汪哲一怔，脸色白了几分，像被主人训斥的大狗一样耷拉下脑袋，不再说话。

一旁的邹锐笑得肆意又嚣张，指着蒋少琰离开的背影，说：“你看到没，你学长根本不在意你的感受，还是我说话更管用。”

柳函实在看不下去了：“邹锐，你别太得意。你要是再这样下去，少琰一定会毫不犹豫揍你一顿。”

邹锐冷哼："不劳你操心。"

等到蒋少琰回来的时候，座位上只剩下邹锐一个人了。

"他们呢？"

"吃完先走了。"

经过刚才一段插曲，食堂的菜品几乎卖完了，所剩无几。蒋少琰勉强挑了几道能入口的菜，总算有了点胃口，正欲夹一筷子，忽听邹锐道："少琰，换到我宿舍来住呗。"

蒋少琰的手一顿："我说了，不用那么着急。"

邹锐有些不耐烦："我们不是一个专业的，又不在一个宿舍，见面太麻烦了。不着急也得有个进度吧，否则这跟以前有什么区别啊？"

蒋少琰把虾仁送进嘴里，语气平淡："我目前不想换宿舍。"

邹锐拧眉："怎么，你怕你宿舍里那个小学弟有意见？我刚跟他说了，他没反对。"

蒋少琰刚有点儿享用午餐的好心情，又被破坏了。

那只傻狗，脑子里都在想些什么东西？明明是他自己死乞白赖住过来的，当时说得那么坚定，什么"学长，我很乖的，不要赶我走"，结果别人一提就答应自己搬走，有没有一点原则？

蒋少琰莫名火大。

最后，蒋少琰还是没答应邹锐的提议，一方面，他目前并不想跟邹锐同住一室；另一方面，他目前并不太相信邹锐。

下午没课，蒋少琰吃完饭后回公寓，准备补个午觉。他看了一会儿球赛，正躺在床上迷迷糊糊快入睡时，上完下午第一节课的汪哲回来了。

他开关门的声音很轻，似乎知道蒋少琰在休息，窸窸窣窣把什么东西放在了桌上，轻手轻脚地走到床前，低声唤了句："学长？"

蒋少琰皱着眉，不情愿地睁开了眼："干吗？"

汪哲蹲下来靠在床边："我买了水煮鱼，你要吃吗？"

蒋少琰中午没吃多少，这会儿确实有点饿，而且自己挺爱吃鱼的。他一听这话，顿时闻到了空气中诱人的香味，睡意马上被压下去了。

他翻身下床，走到桌边坐下，一看汪哲带回来的打包袋上的商标，还是附近挺有名的一家饭店。

"你不是在上课吗，哪来的时间去买水煮鱼？"

汪哲给自己拉了一张椅子，坐在一边："这是中午我订的外卖，预定下课时间送到，就拿到公寓来了。"

蒋少琰看着他从袋子里端出一个大打包盒，一掀开盖子，顿时香气四溢，扑鼻而来。

汪哲贴心地掰开木筷子，递到他面前："给，你尝尝味道。"

"你不吃？"

"我不饿，这本来就是买给学长的。学长，中午你应该没吃饱吧？"

"是有点儿。"蒋少琰没再客气，接过筷子，夹了一块鱼片入嘴，滑嫩的鱼肉裹在鲜美的汤汁里，带着点花椒的麻辣，味道绝赞。

“你怎么知道我吃鱼？我不吃的东西还挺多的。”

汪哲笑着回道：“我看学长你在食堂点过鱼片，也吃辣，想着应该是喜欢的。”

蒋少琰闻言，一时微怔。自从汪哲住进来，他们总共一起吃过两顿饭，第一次是汪哲搬进来那天，第二次就是今天中午，汪哲却记住了自己的喜好。

好像除了他爸，从来没有人对他的事这么上心过。

虽然他朋友不少，但他不像其他人娇弱，咳嗽一声都有人嘘寒问暖。大家潜意识里都觉得，像他这般独立、强悍的人，不需要别人呵护照料。只有在打架受伤之后，他才会获得一些来自朋友的关心问候。

他原本也不屑于被当作弱者对待，但此时此刻，自己的立场竟有一丝丝动摇。

这样的感觉似乎也不赖。

“学长，水煮鱼不好吃吗？”汪哲见对面的人吃完迟迟不说话，一脸忐忑地问。

“好吃。”蒋少琰回道，略一思索，把筷子递给这只“大型宠物”，“你也试试。”

真心对自己的人，他向来不会亏待。

汪哲接过筷子，小心地夹了一块鱼片，一口吃了下去。

蒋少琰收回筷子，准备自己吃的时候才发现，这双筷子自己刚刚用过了，后来又给汪哲用，然后又自己吃……他倒没洁癖，只是觉得他们好像没有熟到这个程度。

汪哲坐在一边看蒋少琰吃饭，也不知道在高兴什么，勾起的嘴角一直没放下过。他背着光，发丝边缘被光线照射得几乎透明，整个人看起来暖洋洋的，可眸子里的一抹绿在暗淡的环境下透了出来，又显得他似乎不那么无害。

蒋少琰被他盯得不太自在，问："你没事做吗？看我干什么？"

汪哲像突然才回神，不好意思地说："不小心就……抱歉，学长。"

"不用道歉，你去忙你的。谢谢你的外卖。"蒋少琰难得说话这么客气。

汪哲"嗯"了一声，却没有动作，神色似乎有些犹豫。

蒋少琰见状，道："你有什么事就说。"

"就是……那个……"汪哲的手指不安地绞在一起，吞吞吐吐地说，"我想跟学长再多说说话，以后可能就没机会了。"

蒋少琰觉得莫名其妙："什么意思？"

"邹锐……学长的那个朋友说，你过几天要搬到他宿舍去。"

蒋少琰在心里骂了一声，邹锐居然先斩后奏？不过他现在更想好好审问汪哲："他说让我搬，你就这么答应了？一句话都不反驳？"

汪哲抬起头，神情有些委屈："学长让我别说话的。"

蒋少琰好气又好笑："你可真听话。我让你去跳楼，你是不是也去啊？"

汪哲抿紧唇，知道眼前这人生气了，不敢再说话，只能眼巴巴地看着他。

蒋少琰这火气来得莫名其妙，撒完气之后才察觉自己话说重了。他向来性格倨傲，哪怕自知理亏也很少低头认错，可这会儿面对汪哲，竟然罕见地生出了几分发自内心的歉意和内疚。

这可能是爱宠人士的天性。

“邹锐和我关系没那么好。”他直截了当地说，“我是觉得他这人挺优秀，但还没到想跟他住一个宿舍的地步。下次再有这种事，你让他先来问我，没必要这么尿。”

蒋少琰想了想，又加了一句：“不过你也别跟他硬来。他可不像你一样白长这么大个儿，我都不一定打得过他。今天中午，我让你别说话，不是在训你，是不想让你惹火他。上次被篮球砸的教训忘了吗？”

汪哲听得一愣一愣的，半晌后才说道：“原来学长是在担心这个。”

蒋少琰：“你可真会抓重点。”

汪哲的调节能力惊人，立马恢复了活蹦乱跳的样子。

“也就是说学长还是住这里是吗？我还是学长的室友对吗？”

蒋少琰有些后悔跟他讲这事了，顿时头大起来，但也只能任他兴奋地乱叫，自己吃起了快要放凉的水煮鱼。

水煮鱼真的好吃，看来这傻狗也不是一无是处。

两人相安无事地过了三个礼拜，蒋少琰难得这么长时间没惹事。他那当教务主任的姑妈沈咏梅都惊着了，还以为是新室友让这孩子改邪归正了。

蒋少琰不屑地回道："怎么可能。"但蒋少琰仔细一想，汪哲的存在确实给自己带来了一点影响，有时候一些小小的不顺心，跟他发两句牢骚，被他笑吟吟地安抚几句，自己倒也不放在心上了。若是换作以前，自己一个人住的时候，他只会越想越气，气到一定程度就撸起袖子干架去了。

看来有个室友也不算坏事。

他和邹锐之间倒是没什么太大的变化。虽然邹锐有时候有点专制、自我，但总体来说对他挺不错，白天会约着一起吃饭，晚上会发信息聊天，周末还会一起出去玩。

但蒋少琰总觉得哪里不对劲。

如果汪哲没有成为他的室友，他或许真会觉得邹锐这个朋友也不错，可汪哲让蒋少琰知道，原来真正想和一个人交朋友的表现是这样的。

有次他在朋友圈看到柳函说想吃烤鸭，随手评论了句"你一说我也想吃了"，评论完也没放在心上，毕竟他们学校附近没烤鸭店，自己也懒得跑太远去吃。

结果当晚汪哲就买了烤鸭回来。

烤鸭被切成了片儿，薄皮、葱丝、蘸酱都用单独的小盒子装着，放在保温盒里，拿回来时还冒着热气，仿佛刚出炉。

而去这家烤鸭店最近的分店也要坐一小时车，且没有开通外卖服务。

后来，汪哲甚至没让蒋少琰动手，他把一块块鸭肉蘸了酱，放上葱丝包好，服务十分到位。

蒋少琰从小打架没尿过，甚至几乎被学校里所有能打的那些人称为“琰哥”，在汪哲这儿却一直被悉心照顾。

要说他对此毫无感触，显然是不可能的。他自小性格就要强，从来不屑于依靠谁，也就偶尔对家里人撒撒娇，头一回遇着一个对自己这么好的外人，自然觉得对方与众不同。

但要说被感动到什么程度，他自己也不确定。

汪哲真的像极了他家那只大金毛，温顺又懂事，时常让他产生亲切感。

被这样用心地对待过，就不太看得上邹锐的所作所为了。

周五晚上，邹锐又打电话来约他出去聚会。蒋少琰上次没去，这次不好再推托，只能答应，反正自己这周末不回家，喝醉了也没事。

汪哲也想跟着去，但蒋少琰怕他们两个见了面又要吵起来，就没让汪哲去。出门前，汪哲再三嘱咐他有什么事一定要打自己电话，他摆摆手表示知道了。

聚会地点定在学校附近的一家KTV，蒋少琰刚推门进去就被强烈的音浪震了一下，烟味和酒味扑面而来，熏得人不禁皱眉。

邹锐向蒋少琰招手：“少琰，过来。”

蒋少琰走到他身边坐下，环顾一圈。包厢里有几个人是同校的，见了蒋少琰都有些紧张，却又递给邹锐一个敬佩的眼神。

蒋少琰觉得莫名其妙，不知道他们在搞什么名堂。这时，邹锐拍了拍面前的茶几，脸上有点红，想来已经喝了些酒。

“你们坐那么远干吗？都过来吧，少琰又不咬人，对不对？”

他笑嘻嘻地转过来看蒋少琰，因为离得很近，那股子混杂着酒气的热气令蒋少琰很不舒服。蒋少琰不动声色地推开了他，道：“你再离近点，我就能看清你脸上有多少胡子了。”

虽然他面无表情，但这话显然是一个玩笑，众人没想到位居“T大最不能惹的人”名单高位的“琰哥”竟然也会开玩笑，不禁对邹锐又崇拜了几分。

邹锐面子倍足，心情很好，拿了一瓶酒递给他，调笑道：“干了？”

蒋少琰没在怕的：“干。”

两人对视一眼，同时举起酒瓶，在周遭人的起哄声中仰头豪迈地大口往嘴里灌酒，不一会儿酒瓶就空了。

邹锐先一秒喝完，大笑道：“我赢了！”

蒋少琰也笑了：“你早说是比赛啊。”

邹锐一瞬间看愣了。

蒋少琰被人敬畏纯粹是出于其性格，其实他本身长得一点都不凶，只是眉眼间比普通学生多了一分凌厉和气势，精致的面容像被冰碴子掩盖着，冷着脸的时候还挺唬人。

可现在他笑着，微翘的嘴唇被酒水浸染得水润发光，面上有一层淡淡的薄红，化去了脸上的冷冽，眼中的傲气却丝毫不减，像有刀锋流转，闪耀得令人注目，却也危险得令人不敢触碰。

邹锐手臂一伸，勾住蒋少琰的脖子，把人往自己的方向带，另一只手就要去揉蒋少琰的头发，嘴上说着：“我就说他没那么凶吧，在我面前不也乖乖的？哈哈。”

显然是想利用他提高自己的威信。

事发突然，蒋少琰没来得及躲开，只能借势闪躲，但邹锐还是弄乱了他的发型。

其他人以为两人在打闹，还在兴奋地看热闹。蒋少琰转过头，冷冷地扫了一圈，周围顿时鸦雀无声。

“我有点不舒服，先回去了。”他给邹锐留了面子，只是所有人都能看出这个理由是借口。

他当即起身出了包厢，没走几步，就被追过来的邹锐抓住了。

“你发什么疯？”邹锐从来没被人如此一而再再而三地冷待过，更何况还在这种公众场合丢了面子，积压了许久的不满终于爆发出来。

蒋少琰的眼神很冷淡：“这句话该我问你。”

邹锐觉得匪夷所思：“我怎么了？不就开个玩笑么，你这样我不罩着你了啊。”

话都说得这么明白了，蒋少琰也没什么可顾忌的了，挑眉嗤笑：“你觉得我稀罕？”

“不然呢？”邹锐反问，“难道还有别人罩着你？比如你那位‘柔弱’的室友？别闹了，你明知道他不行。”

蒋少琰无法反驳，其实他并非讨厌汪哲，只是自己的底线摆在那里，他付出了那么多才有了今天的强大，实在不想再浪费时间和“弱者”为伍。

可他实在不喜欢邹锐的这种说法，仿佛他们不是自主选择成为对方的同伴，而是因为都强大所以必须在同一阵营。

“我跟你无话可说。你反省下自己做错了什么，否则别再来找我。”蒋少琰毫不客气地撂下话，懒得再理邹锐，转身头也不回地离开。

哪怕最后身边无依无靠，此刻的他也绝不会让这么一个虚情假意的人进入自己最不设防的圈子。

第三章 邀请

Shao Shuo Ji Ju

回去的路上，蒋少琰烦躁得很，加上喝酒喝得急了，这会儿胃里有点烧，热气冒上来加剧了心头怒火。他甚至希望有人惹点事，好打上一架宣泄宣泄，可惜一路风平浪静，没人来招惹自己，于是只能憋了一肚子火回公寓。

他一推开公寓门，就看见汪哲坐在自己的床上。

汪哲看到他，立马慌张地站了起来：“学……学长，你怎么这么快就回来了？”

蒋少琰把门“砰”地重重一关，冷着脸走进来。

“你坐我床上想干什么？”

汪哲还没见过他这般火大凶狠的模样，一时被吓呆了，慌乱道：“我……我在想学长你去哪了……”

蒋少琰上前一把揪起他的衣领，手上下了狠劲，硬是把比自己高出不少的汪哲拉拽到面前：“你是不是也在打什么鬼主意？有本事来啊！”

蒋少琰知道自己在乱撒气了，可就是忍不住，看到汪哲坐自己床上，感觉比刚才和邹锐吵架还要令人暴躁。

汪哲对自己好也不过是在还自己人情而已。

这个念头一冒出来，蒋少琰就不可自抑地感到恼火。

被拉紧的衣领在汪哲脖子上勒出了红痕，他却一点都没反抗，老实地说："我是有自己的打算……但绝没有伤害你的想法，我是真的很崇拜学长，也知道学长有会危及生命的过敏症，所以想尽自己所能帮你的忙……"

蒋少琰冷笑一声，松开了手，转而扯开自己的衣领，活动了下手腕，指了指自己，又指了指汪哲。

"那我现在给你一个机会，跟我打一架，敢不敢？你要是能，我会重新考虑你之前说的，现在不敢动手，一辈子都没机会了。"

汪哲大概率是打不过自己的，但蒋少琰既然说得出，就一定会信守承诺。他要真敢和自己打一场，那也不算无药可救。其实现在蒋少琰有点自暴自弃了，比起和邹锐那样的类型打交道，还不如选汪哲。

汪哲听闻此言，动作瞬间定格，一声不响地牢牢盯着蒋少琰，褐绿色的幽暗眼眸竟有些许令人心悸。

半晌过后，他轻叹一声，朝蒋少琰走了过去。

蒋少琰暗自吸气，做好了迎战的准备。

然而汪哲在他面前停了下来，紧接着稍稍低头，注视着他，无比认真地说道："我很尊重你，学长，请你也尊重自己，不要自暴自弃。"

蒋少琰心头巨震。

汪哲声音低柔道："我想让你不要总是一个人扛着，我能帮你分担一些，可你不能接受我的想法又有什么用呢？你勉强信任我，你也不会开心……所以这种机会，还是留给学长认可的人吧。"

听了这话，蒋少琰觉得自己方才所有的烦躁都被化解了。

"如果我认可的人不尊重我，怎么办？"

汪哲笑得有点苦涩："就算我知道怎么办，也不会说的，我实在不想说，对不起。"

蒋少琰听他说出这种拒绝的话，不知为何心情反而好转了些："我还以为你会㞞到无话不说呢。"

"怎么可能，我还没放弃呢，说不定我就是学长最后认可的人呢？"汪哲有些不好意思，小声道，"毕竟我也是个男人啊，刚才被学长那么挑衅，我也有点热血沸腾，差点就被你带着走了。我到这儿来，不是来跟你打架的。"

"那我是不是还得表扬你一下？"蒋少琰戏谑道。

汪哲笑了："你不生气了？"

蒋少琰的气确实消了大半，但仍板着脸："老实说，刚刚你坐我床上干什么？"

汪哲腼腆地说："我……我在想学长平时看我那边的时候是怎样的视角。"

蒋少琰"嘁"了一声："我还以为你憋着什么坏招呢。"

汪哲忙否认道："没有，我……我不会的。"

"是不会，还是不想？"蒋少琰莫名想逗他。

汪哲不说话了，慌得手都不知道该往哪里摆。

蒋少琰绷不住表情了，大笑出声，心情格外舒畅，抬手揉乱了眼前汪哲的头发："傻狗。"

之后三天邹锐都没过来，不过蒋少琰没有主动求和的心思，就这么断了往来也无所谓，反正原本的那点认同感都快被对方糟蹋完了。加上校庆日即将来临，所有学生都在忙着准备节目和之后的舞会，他也不例外。

前年举行舞会时，蒋少琰因为惹了不少事被下了禁令，不准参加一切校园活动。去年的校园活动他倒是参加了，不过有人拍了他笨拙的跳舞视频，视频在T大学子间流传一时。这种屈辱他不想经历第二次。

周末，蒋少琰回了一趟家。他家离学校远，他爸经常出差不在家，所以他通常两三周才回家一次。

汪哲像送孩子出远门的家长一样，给他切了水果，叮嘱其"在路上吃"。其实在路上的时间也就两个小时而已。

蒋少琰很无语，皱着眉把最大的几块蜜瓜通通塞进了汪哲嘴里，减轻行李重量，剩下的带走了。

他一回到家，就接受了蒋父亲切的"盘问"。

"宝贝啊，你在学校有没有喜欢的人啊？有的话赶紧处对象啦。"

这爱称对于已经二十出头的蒋少琰来说实在有些肉麻。某次他跟他爸打语音电话的时候，这爱称被柳函听了去，那家伙就一直用"琰宝"来打趣他，不管听几次他都很想揍人。

"爸，您别操心了，我自有分寸。"

他们家是单亲家庭，他是被他爸从小拉扯大的。他爸虽然性格固执，但独自抚养孩子还是吃了不少苦。蒋少琰看在眼里，从很小的时候起就暗暗下定决心，以后要成为能保护爸爸的人。别的独生子女还在温室里娇生惯养的时候，他已经在道馆里挥汗如雨了。

他知道自己必须比别人更努力、更坚强，才能突破各种限制，成为家里的顶梁柱。

或许正是因为从小给自己必须强大起来的心理暗示，他很难对旁人有信任感，这也是他身边交心的人一直很少的原因之一。

他爸一直很忧虑他的过敏症，吃饭时还在讨论这件事："不然我再打听打听有什么新的疫苗可以缓一缓吧。"

蒋父是搞科研的，认识一些研究疫苗的医师，但蒋少琰立刻阻止了他不切实际的想法："要是有新的疫苗，早就投入市场了，没发售还在研究阶段的，我也不敢用啊。"

蒋父听了觉得有道理，无奈地叹了一口气："我不想让你到时候没办法，又是硬扛过去。"

"放心吧，爸。"蒋少琰安慰道，"过敏症也不是一定要完全康复才能活下去，我之后注意一些就行了。"

"说是这么说，可是……"

蒋少琰懂他爸的意思，他武力值再高，一旦过敏症突发，再碰上个万一，就只能任人宰割。

"总之，我不会让人欺负的。"他只能先这么安抚父亲。

吃完饭，蒋少琰没什么事做，窝在自己房间里刷着微博萌宠，刷着刷着就想起了公寓里那只“汪”，也不知道对方在干什么。算了，那家伙又居家又贤惠，肯定能照顾好自己。他刚想退出微博，打两盘游戏，突然手机一振，意外地收到了邹锐的视频通话邀请。

蒋少琰犹豫了一会儿，还是点了接通。

“嗨，少琰。”

邹锐的脸瞬间出现在手机屏幕里，他似乎刚洗完澡，头发还湿漉漉的，五官颇为硬朗，他光着上身，像在刻意秀他的胸肌和腹肌。

前几天两人还在冷战，蒋少琰一时想不出什么话，生硬地回了一句：“什么事？”

邹锐嬉皮笑脸道：“我知道错了还不行吗？少琰，我就没对谁这么低声下气过，你是头一个。”

说得好像他还挺委屈、挺无辜的。

“锐哥，以后别那样，我这人不吃硬的。”

蒋少琰给了他一个台阶下，自己找了一个舒服的姿势靠在床头。

邹锐被这声“锐哥”叫得有些飘飘然，瞧见蒋少琰这副难得乖巧的模样，忍不住道：“你再说一次，好吗？”

蒋少琰一开始没听明白，但看到邹锐脸上揶揄的邪笑，立刻反应了过来。

他快被这人烦死了，当即想挂电话。

“别别，我开玩笑呢，有正经事跟你商量，真的！”

蒋少琰准备勉为其难地再听一会儿：“你再胡说八道，

我直接拉黑你。”

邹锐相信他会说到做到，忙不迭地说出自己打这通电话的真正用意：“我认真的，少琰，这次校庆舞会你和我一起参加呗？”

在T大参加校庆舞会是一件很郑重的事，蒋少琰一时举棋不定。换作以前，邹锐确实是自己的理想选择，可现在蒋少琰莫名地想起了那只傻狗。

“行不行？”邹锐又问，“你要是不答应，我可答应别人了啊，哥很抢手的。”

蒋少琰不屑这种激将法：“哦，那你去找别人好了。”

“别啊，我瞎说的。哥就想找你，带你去最有面子，你答应我嘛。”

蒋少琰最终磨不过他，答应和他一起参加，就当作是给对方最后一次机会。倘若他还是和之前一样，舞会之后就干脆摊牌了吧。

离校庆还有一个月，蒋少琰觉得自己必须好好练练，不能重蹈覆辙，像去年那么丢脸，可又拉不下脸告诉邹锐自己不会跳舞，让他教自己跳。

蒋少琰想来想去，发了一条信息给汪哲：校庆舞会我要跳 Urban Dance（都市编舞），你会吗？

汪哲回得很快：我会我会！我家里有人会，我也学过。

蒋少琰：那你教教我。

汪哲：嗯嗯。

紧接着，汪哲又发来一条语音，声音带笑：“我没想到学长会让我和你一起参加校庆舞会，我好开心！谢谢学长！”

蒋少琰：“……”

他突然意识到自己这么做很不妥，汪哲对自己这么好，自己却让他教自己跳舞，然后去和别人表演，这未免太伤人了。

蒋少琰：算了，不用了，我自己学吧。

他斟酌着词句，想着怎样才能不那么伤人，想了半天，烦得很。他从来都不擅长安慰人。

汪哲那头也安静了下来，片刻后发来一条新语音。

“抱歉啊学长，我好像想多了。没关系的，你别为难。让我教你吧，好不好？”

这条傻狗实在太懂事、太温顺了，蒋少琰根本没办法拒绝。

蒋少琰：嗯，那就麻烦你了。

语气客气得他自己都有点难以置信，可回完话，蒋少琰还是觉得心里过意不去，于是几分钟后又发了一条信息关心学弟：你在做什么？

汪哲一时没回复，他鬼使神差地打了一个视频电话过去，响了七八下才接通。

“学长，你怎么突然……”

汪哲的头发滴着水，还有些泡沫沾在上面，想来刚刚是在洗头。

“傻狗。”蒋少琰看到他这冒冒失失的样子就想笑。

汪哲勉强拿毛巾擦了擦头发，但水滴已经打湿了一大片T恤衫，T恤紧贴在身上。他扯了扯衣服，却没有脱掉。

蒋少琰突然有点好奇汪哲的身材怎么样。他看起来不瘦弱，肩宽腿长，但平时总穿着衣服进去洗澡，出来的时候也已经换好了衣服，似乎没见过他脱了衣服的样子。

同住一个房间，蒋少琰还是有点好奇心的。

“你的衣服都湿了，脱了吧。”他随意道。

汪哲却支支吾吾：“没事，一会儿就干了。”

蒋少琰笑了一声，道：“你别不好意思啊，我又不会笑话你身材差。”

“我……好吧。”汪哲踌躇几秒便妥协了，把手机架在一边正对着自己，手抓住衣角准备脱掉上衣，刚往上掀起几厘米——

“宝贝啊，来吃点水果。”蒋父端着一盘切好的水果走了进来。

视频里的汪哲听到声音后，立刻放下了衣服。

“你跟谁聊天呢，笑这么开心？”蒋父一脸八卦地凑过来看手机屏幕。

蒋少琰大大方方地把屏幕转向父亲：“我室友。汪哲，这是我爸。”

汪哲头发上还沾着点泡沫，他手忙脚乱地擦着头发，慌乱间说话不经过大脑，跟着喊了句：“爸，你好！”

视频这边的两人愣住了，随即同时爆笑。蒋父乐不可支地道：“哎哟，这小朋友可真逗。”

汪哲羞窘得抬不起头：“对不起，对不起……”

“行了，蠢死了。”蒋少琰嘴上骂着，脸上却带着笑意，“先挂了。”

汪哲连忙跟两人道别，又说了好几声“对不起”。

等蒋少琰挂了视频通话，蒋父立刻试探道：“这小孩不是你们这一级的吧？你们住一起？我觉得他看起来人不错。”

蒋少琰把果盘接了过来就撵他爸：“等我有时间了再跟您详细说，现在您先别问了。”

蒋父气呼呼地痛诉自家孩子没良心，突然又想起来一件事：“你这个室友看着有点面熟，是你以前的同学？”

“不是。”蒋少琰回得很干脆，可说完瞬间就回想起汪哲说过自己以前帮他赶跑过欺负他的人。

到底是什么时候？难道他们以前就认识？汪哲这样略带混血的俊朗长相，自己要是见过，应该会有印象才对。

等自己回了学校再问问他吧。

然而等回到学校后，蒋少琰已然忘了这回事。

大三的课程并不多，往往一天就两三节课。而刚上大一的汪哲就累多了，通常是四五节课，有时晚上也上课，回到公寓都快十点了，但依然兴致勃勃地跟他说要约时间跳舞。

周一的体育课，蒋少琰一如既往地在操场上打篮球。汪哲没有训练，全程像迷弟一样守在操场旁边围观喝彩。

蒋少琰的篮球打得一般，称不上多厉害，被汪哲夸张地大声鼓掌喝彩了几次，尴尬得要命，恶狠狠地瞪了他一眼，他才消停。

中间休息的时候，蒋少琰的水喝完了，汪哲二话不说立刻跑去小卖部买，拦都拦不住。

蒋少琰坐在一边休息，身材一点儿都不羸弱。

罗永恒气喘吁吁地小跑过来，跟他坐在一起，啧啧道：“琰哥，我真佩服你能有这样的身材。”罗永恒捏了捏自己手臂上的肉，完全比不上他的。

蒋少琰痞痞一笑：“不然我怎么做你们的琰哥呢？”

他话音刚落，瞥见前面有一个不认识的男学生朝他们走了过来。那人长得挺不错，小脸白白嫩嫩的，胳膊腿儿又细又直。要是对方眼神不那么咄咄逼人，蒋少琰或许还有心情多看几眼。

走到蒋少琰面前的这位同学上下打量了他几眼，然后问：“你就是邹锐最近总提起的人？”

“不是。”蒋少琰说，“你找错人了。”

那人嗤笑一声：“你蒙谁呢，你不就是蒋少琰？我还以为你多优秀呢，没想到这么糙。”

比起眼前这个打扮得一丝不苟、身形纤细的同学，流着汗、卷起袖子、头发乱糟糟的蒋少琰确实是相当糙了。

蒋少琰展臂往后一躺，嚣张地倚靠在篮球架上，眯起眼看这个自己一只手就能干翻的同学，说：“哪来的傻子？”

“你！”那人的脸色顿时变得相当难看。

这人是邹锐的追随者之一。这年头强大又帅气的男生并不多，邹锐作为T大为数不多的优质男生，自然有不少拥趸。最近却有传闻说他对某个人做小伏低的，而这人居然还是那个凶神恶煞的蒋少琰。多数人不敢惹蒋少琰，只能悻悻然放弃；也有不认输的，大着胆子找上门来挑衅。

可这追随者气归气，一看到蒋少琰那冰碴子脸和结实的身体，就回想起这人多年来揍人的可怕战绩，一时有些胆怯，不敢真的怎么样。

“你别太得意。”那人说，“我早晚让邹锐认清你的真面目。”

“哦，您请。”蒋少琰漠然道。

他一时想不出其他话来，只好重重地哼了一声，转身离开了。

罗永恒拍拍自己的小心脏：“邹锐可真行，姚意居然也这么服他。你得小心点，这人不是省油的灯。”

蒋少琰：“你认识这人？”

罗永恒：“姚意啊，你不知道？隔壁院系颜值数一数二的人物。我有几次看到邹锐和姚意一起走，你当心点儿。”

蒋少琰不屑地哼了一声：“邹锐要是能因为他离我远点倒好了，省得我再浪费时间在那家伙身上。最近特烦他。”

罗永恒觉得无语：“你以前不是说他还行吗？”

“就聊聊天还行，接触深了才发现一堆毛病。”蒋少琰撇着嘴，“我要不是看他身上还是有些能学习借鉴的地方，早跟他闹掰了。”

罗永恒叹气道：“琰哥，说句实话，你对邹锐从头到尾也没怎么真诚过啊。你一直是这种满不在乎的样子，说不定人家也不乐意了呢。”

“他还好意思不乐意？”蒋少琰看到远处的汪哲买好了水，正急匆匆地跑过来，“还不如某些傻狗，起码知道该做什么。”

罗永恒不明所以，直到顺着他的视线看见汪哲才明白过来，不忍道：“小学弟真可怜，不仅要帮你跑腿还要被你嘲讽。”

“嘲讽？你哪只眼睛看到我嘲讽他了？”蒋少琰觉得莫名其妙。

罗永恒：“你不是嘲笑他像狗吗？”

蒋少琰：“我去你的！我叫我家金毛就叫傻狗，看他顺眼才这么喊他。”

罗永恒：“琰哥，你真的很难懂。”

蒋少琰：“嗯？”

“我可提醒你啊，琰哥。”罗永恒语重心长地说，“遇到一个这样掏心掏肺对你好的人不容易，你要是认可别人，一定得跟他说清楚，否则搞不好以后会有意想不到的麻烦。”

蒋少琰一脚踹开他：“你是电视剧看多了吧？”

罗永恒说教不成，郁闷地继续打球去了。方才几句话的时间，汪哲已经跑到了篮球架下，喘着气把刚买来的矿泉水递给了蒋少琰。

“我说了要冰的吧？”蒋少琰拧开常温的矿泉水瓶盖说。

“学长，喝冰的对胃不好。”

蒋少琰勾了勾手指：“你过来。”

汪哲不假思索地凑近了些。

蒋少琰悄悄把手绕到他背后，猛地泼了他一脖子的水。

“傻狗。”蒋少琰看着他狼狈擦水的样子笑道。

十月份，天气仍带着夏日的余热，汪哲这一趟来回脖子上出了些汗，上衣后背处也湿了一小片。蒋少琰用自己要喝的小半瓶水替汪哲冲掉了黏腻的汗，还觉得自己挺体贴大方。

汪哲擦水的手微不可察地停顿了一下，随即又像往常那样温温柔柔地笑了笑，没有说什么。

由于要准备节目，蒋少琰吃了晚饭后就去排练厅帮同学准备演出道具。他们系为校庆演出准备的是一个小品。

自然是轮不到他上场的，一来形象实在不合适，二来如果他往台上一站，台下怕是没一个人敢笑出声。所以他的任务是和其他未参演的学生一起准备演出道具。

蒋少琰还算有集体意识，认真负责，没有划水，一直忙到了晚上九点都还没回公寓，反倒是下了晚课的汪哲过来了。

汪哲自告奋勇，承担了苦力的角色。他人高马大，力气也不小，普通人要两只手才能提起来的东西，他一只手就能轻轻松松拎起来，省了不少事，比原定计划提前半小时完成了任务。

两人出了排练厅，一前一后往楼下走。外面天色已经彻底黑了，等回到公寓洗完澡，估计快十一点了。

“学长，还练舞吗？”汪哲不太自信地问。

蒋少琰知道他期待了很久，见他眼神亮亮的，罕见地心软了，不忍让他失落：“练吧。”

“好的！”汪哲笑得一脸灿烂，明明生了一副男神相貌，却总是笑得像一个没心没肺的小孩子。

蒋少琰好笑地看了他一眼，突然余光瞥见下层楼梯有个鬼鬼祟祟的人影一闪而过。

他们两个因为留下收拾场地，所以最晚走，现在楼里已经没其他人了。虽说排练厅里没什么值钱的东西，但要是丢了公共财产也挺麻烦的。

“谁啊？站住！”蒋少琰没多想，一步跨了出去，想追过去看，脚一落地就察觉到了异样。

可惜已经来不及了，泼了油的地面滑腻无比，脚一沾上就刺溜滑了出去，他瞬间重心不稳，直直地朝楼梯下摔去。

天旋地转间，蒋少琰只听见身后的汪哲大喊一声“学长”，随即被一只强有力的手臂拉了一把，两人齐齐滚了下去。

刹那间，蒋少琰感觉自己的心因这场意外停止了跳动。

第四章 受伤

Shao Shuo Ji Ju

整个意外发生过程就短短两三秒，当他们沿着楼梯向下滚的身体终于在下层停住时，蒋少琰被冲撞间的震动震得脑子发晕，身上却没什么疼痛感，而面前的汪哲却发出了一声压抑而痛苦的闷哼。

他心里一紧，立刻坐起身，询问道："汪哲，汪哲，你哪里痛？"

他小心地扶着对方，动作不敢太大，把对方从头到脚迅速而仔细地检查了一遍。所幸头部无恙，身上也没磕出血。

汪哲缓了一会儿才从眩晕中清醒过来，勉强露出一抹笑容："没事，我大概脚扭伤了。"

蒋少琰松了一口气："你别动，我喊人来帮忙。"

还好兜里的手机没摔坏，他给柳函和罗永恒都打了电话说明原因。他陪着汪哲在原地等了十多分钟，两人很快就来了，柳函还带着晓晓。

"晓晓，你来干吗？回去休息。"蒋少琰说。

柳函一边背起汪哲，一边插嘴道：“我俩刚在外面玩儿呢。晓晓听到电话，担心你，非要一起过来。”

“我没事，这傻狗护着我。”

趴在柳函背上的汪哲听到蒋少琰的话，笑了笑。蒋少琰一看他这副对自己安危无所谓的样子就来气，不轻不重地往他背上砸了一拳。

“笑什么笑！”

汪哲费劲地抬起手，示意自己没事，仍然浅笑着：“你没事就好。”

蒋少琰一怔，大脑还没反应过来，手已经抓住了汪哲欲缩回去的手：“你也不准有事。”

汪哲人高马大，柳函一个人背他有点吃力，只能让罗永恒和蒋少琰在两边扶着减轻负担。几个人紧赶慢赶到了校医务室，因为路上耽搁了太多时间，此时他的左脚踝都肿得跟馒头一样了。

校医还算靠谱，给汪哲按摩揉捏了几下，疼痛感缓解了许多，只不过要完全恢复还得静养一段时间。

蒋少琰把汪哲扶到病床边躺下，朝柳函等人说：“你们先回去吧，我留下就行了。”

罗永恒还很有义气，想留下陪夜，刚张嘴，就被柳函硬拽了回来：“那我们先走了啊。”

罗永恒：“嗯？”

出了医务室的门，晓晓忍不住八卦之心，小声说：“好久没见少琰这么慌的样子了……”

柳函听了晓晓的话，眉毛一挑："你也看出来了啊？"

只有罗永恒摸不着头脑："看出来什么？"

柳函白了他一眼："就你和里面那两个傻瓜没看出来。"

罗永恒说："什么啊？"

病房里只剩下蒋少琰和汪哲两人。经过这番折腾，夜色已深，校医都休息去了。汪哲脚上敷着药，不方便行动，只能眼巴巴地看着蒋少琰，说："学长，你回公寓吧，我在这没事的。"

蒋少琰瞪他一眼："闭嘴，快睡。"手却很轻柔地给他盖上了被子。

汪哲听话地躺在床上，被子盖到了脖子，只露出一个毛茸茸的脑袋，看起来越发乖巧。

"我是不是很没用啊，学长？"他眼里有几分落寞，"这么点小事就受伤了，还要学长来照顾我，这样怎么帮你分担压力啊？"

"我有说过要你替我分担吗？"蒋少琰反问。

汪哲抿起唇，闭了闭眼，再睁开时眼睛有点红，衬得他褐绿色的眼眸像被搅浑了的池水，无辜又难过。

蒋少琰被他这样一望，顿时一点脾气都没有了。

"我从来都不觉得你没用。你弱是弱了点，但好歹还算靠谱。谢谢你保护了我。"蒋少琰揉了揉汪哲的脑袋，继而表情、语调一变，故意凶着脸道，"但你以后不准再这样了，我不需要你保护。你要是摔傻了或者残了，还不是我来照顾你后半生。"

汪哲笑了，挠了挠鼻子："嘿嘿……那好像也不错。"

蒋少琰拿他没办法："行了，快睡吧，你不困我都困了。"

汪哲点点头："嗯，晚安，你快回公寓吧。"

"我不回去，我睡外面椅子上。"蒋少琰转身就要往外面走，手却被拽住了。

汪哲急急忙忙道："那样睡不舒服的，你还是回去吧，我不要紧的。"

"要不然我跟你挤挤？我看这床挺宽敞的。"蒋少琰随口开了一个玩笑。

汪哲闻言没说话，手依然拽着他不松开。

蒋少琰见他如此容易将自己的话当真，反倒起了逗他的心思，故意道："怎么样？你让一个位置给我呗。"

汪哲眼里的那抹绿忽明忽暗，似乎多了几分不同于平日的迷人。蒋少琰被他这样盯着，突然有些不自在。

"不行。"汪哲终于开口，声音很轻。

蒋少琰愣了一下，没想到他会拒绝，不由问道："为什么？"

汪哲移开视线，小声道："我……我睡相不好。"

蒋少琰不屑地哼笑："就你这副样子，还能把我踹下去？"

他拍拍汪哲的脑袋，站直了身体："你别想些有的没的了，老实躺好，我出去睡。"

"好吧。"汪哲见他坚持，只能看着他出去。

"听话，有事喊我。借你的外套盖一盖。"蒋少琰随手拿过汪哲放在一边的外套，走出了病房。

蒋少琰找来几把椅子拼在一起，和衣而卧。校医务室里温度适宜，为了保险起见，他还是盖上了汪哲的外套，毕竟他天生体质弱，要是自己都病倒了，那就没人来照顾那条傻狗了。

周遭一片静谧，也听不见病房里传来什么声响。蒋少琰稍稍定了定心，合着眼，其他感官便敏锐了起来。

嗯，这外套好像还残留着汪哲的体温。

“我……我睡相不好。”蒋少琰脑子里突然浮现出汪哲刚才的话来。

那傻狗的睡相会是什么样？会打呼？还是会说梦话？甚至是……

不，没有甚至了，就凭傻狗那点胆量和自己的武力压制，到说梦话这步就顶天了。

蒋少琰笃定地想着，琢磨了一会儿，突然心里咯噔一跳：等等，为什么我会想这些乱七八糟的？

正当他思考着自己到底哪根筋搭错了时，放在一旁的手机振了一下。他拿起手机一看，是晓晓发来的信息，问情况如何。两人虽然性格、外表完全不同，但还挺投缘，通过柳函认识，关系一直不错。

蒋少琰暂时抛开纷乱的思绪，回了句：没什么事，汪哲睡了，我也准备睡了。

晓晓调笑道：你俩后来有没有再聊啊？

蒋少琰：没怎么聊。

晓晓：哈哈哈，没有就好，不然我怕你俩太投缘，一晚上不睡，他现在需要多休息。

蒋少琰：我俩的性格南辕北辙，不可能聊到一块儿去。

不知道为什么，他回复完信息，看着“不可能”三个字，莫名觉得有些刺眼。

晓晓不依不饶：为什么不可能？他哪里不好？

蒋少琰的手指按上键盘，动作却定住了。

他发现自己说不出汪哲的缺点。

刚见到这个大一学弟兼新室友的时候，他明明觉得对方除了长得帅和老实听话，浑身上下一无是处，又黏人又尿兮兮的，完全不是自己欣赏的类型。

可不知道从什么时候起，他开始觉得汪哲越来越顺眼。或许是因为对方的笑容、行为太体贴，又或许是对方的满腔真心太令人动容，像一阵和煦的春风，拂过心头时并无多少感觉，可回想起来，已经被这种温暖包围了。

他原本一点就炸的暴脾气在这段日子里被安抚得妥妥帖帖，几乎没发过脾气，可以说全是汪哲的功劳。

蒋少琰思前想后，最终回复：他太弱了。

他最后只能说出这一个缺点。

晓晓：就这个？那如果他足够强的话，你会和他交心吗？

蒋少琰对于这个问题几乎没有任何迟疑，脑子里就蹦出了答案。

会，如果汪哲够强的话，自己一定会视他为莫逆之交。

这太奇怪了，明明邹锐那种类型才是自己一直以来寻觅的同伴，强大又自信，特质十足，像汪哲这种类型，换作以前根本入不了自己的眼。

为什么，为什么唯独汪哲例外？

晓晓忽然发了一条消息：我发现你遇到他之后变了。

蒋少琰一怔：什么？

晓晓：刚刚我们找到你们时，你的样子简直慌到不行。我们天不怕地不怕的琰哥，自己打架受的伤多了去了，什么时候看到别人摔伤那么紧张了？

蒋少琰脸色一变：我有吗？

晓晓：当然有啦，我和柳函都发现了。而且现在你连自己多重视人家都没察觉，还好意思嫌弃人家傻。我看你也没聪明到哪儿去啊。

蒋少琰看着这行字呆住了。

重视？

蒋少琰回过神来，立刻拨了一个电话过去："你的话是什么意思？我哪里重视他了？"

晓晓无奈道："你真的是……行，那晓老师就给你开导开导。首先，你不讨厌他，对不对？"

"不讨厌。"蒋少琰对这点挺确定的。

"那他要是天天围着你转呢？"

"可以接受吧。"

"关心你、照顾你呢？"

蒋少琰想了想："他现在就这样，我也没拒绝。"

"那如果他明知自己能力有限、不是你欣赏的类型，却仍执着地想要分走你肩上的压力呢？"

蒋少琰沉默了几秒，只好老实回答：“说实话，挺开心的。”

晓晓道：“呵呵，不用我多说了吧？你想想，你愿意邹锐这样做吗？”

蒋少琰一回忆起那天在KTV发生的事就反胃：“谁愿意啊，他都不经过我同意，完全是利用我。”

“那如果是汪哲呢？要是他不经你同意像邹锐那样对你，你会生气吗？”

蒋少琰：“……”

晓晓已然成竹在胸：“你要是还不确定，那我再换一个角度问你。”

蒋少琰听了问题，额角的青筋一跳。

晓晓接连发问，蒋少琰招架不住，不断给出否定的答案。

晓晓适时收尾，总结道：“你对他已经改观了，也乐见他替你分忧。”

蒋少琰：“……还真是。”

晓晓说：“结案了。你还等什么，快冲进去告诉他。”

蒋少琰的大脑还在费劲地消化这一事实：“不行，他现在那么弱。”

“反正你也说了，只是‘现在’而已，为什么不先从让他变得强大开始试试呢？”

“我让他试过，可那家伙说什么要尊重我，连试着跟我打架都不肯。难道我还得再求着他变强？这也太没尊严了。”

晓晓怒道：“尊严能当饭吃吗？我白开导你这么久了！”

蒋少琰：“……”

“算了，总之一定要想清楚啊，琰哥，如果你错过了他，我觉得你会后悔的。”

蒋少琰沉思了片刻，继而朝病房那儿望了一眼，仿佛穿透房门看到了躺在里面的那个人。

那个人与其他人都不一样，一开始就带着满腔赤诚而来，从未变过，对自己有着热切的崇拜、温和的态度、真诚的尊重，为自己放低姿态，也可以为自己不顾自身安危。

蒋少琰最终长叹一口气，把压在心头的烦躁和犹豫通通呼了出来，对晓晓，也对自己说：“我不会让自己后悔的。”

第二天一早，蒋少琰趁着汪哲仍在熟睡，去了一趟教务办公室，让自家姑妈调取昨晚排练厅外面楼道的监控，想查出作案者。可惜由于楼道内光线过暗，他看了半天也只能勉强看见一道模糊的身影，面容完全无法辨别，只好暂时放弃。

追查不顺，蒋少琰憋了一肚子的火，顶着一张凶神恶煞的脸去食堂买早饭，把排在前头的学生吓得不轻，不知是该走还是该留。

“到你了，快买饭啊。”他出声提醒。

那学生一哆嗦：“阿……姨，给我一个肉包和一个茶叶蛋……”

蒋少琰不耐烦地等他拿完了东西，上前一步道：“阿姨，每样来一份。”

还没离开的学生听见这话顿时惊了。食堂的早餐有十几种，蒋少琰居然每样都要，这是什么可怕的食量！

琰哥果然如传闻所说，不是一个正常的男大学生。

蒋少琰提着一大袋丰盛的早饭返回了校医务室，一打开病房门，发现汪哲已经醒了。

“学长早……”他头发凌乱，迷迷瞪瞪的，显然刚醒。

“早。你想吃什么？”蒋少琰把袋子放上桌子，将五花八门的早餐一样样往外拿，包子、花卷、能量棒、煎饼、茶叶蛋、牛奶、小米粥、南瓜粥……不一会儿就把桌子铺满了。

汪哲的眼睛一点点睁大，他不可思议道：“学长，你这么饿吗？”

蒋少琰觉得无语，说：“这是买给你的，傻狗，我不知道你爱吃什么。”

之前汪哲几乎每天会给他买早饭，他拒绝了几次没效果，也就心安理得地收着了。现在想来，自己平时起得也不算晚，不知道汪哲是起多早去买早餐回来的，自己却光顾着吃，没注意过对方的喜好，实在说不太过去。

“你随便买点就好了。”汪哲脸上绽放灿烂的笑容，“学长买的这些我都爱吃。”

蒋少琰被他仿佛闪着光的俊脸一晃，佯装咳了两声：“那你怕是要撑死。”

最后连他自己也撑到不行。

十几样早饭对两个人来说确实过多了，于是当校医进门来检查汪哲的情况时，看到的便是一个瘫在床上的病患和一个瘫在椅子上的陪护。

校医闻了闻空气，心想：没有酒的味道啊，这两人怎么看着这么像喝多了？

经过一番仔细检查，汪哲的伤势已经没昨晚那么严重了，可以回公寓，不过还不能独立行走，需要拄拐杖。

汪哲原本有点抗拒，被蒋少琰一瞪，立马乖乖接过校医递来的拐杖。在蒋少琰的搀扶下，他一瘸一拐地走回了公寓。两人一路上接受了不少学生的注目礼，他害羞得头都快埋到地下去了。

两人请了一天假，汪哲的伤需要静养，他也没其他地方可去，便又躺到了床上。

蒋少琰刚将这傻狗安顿好，就接到了邹锐的电话。

汪哲跟蒋少琰离得近，也看到了他手机上来电显示的名字，顿时情绪低落了下去，轻声道："学长，你接电话吧，不用管我。"随后他自觉地转过身，面朝墙躺下了。

蒋少琰皱起眉头，觉得走出去接电话似乎显得自己不信赖汪哲，便在房间里大大方方地接了。

"什么事？"

邹锐笑得很大声："少琰，听说你那个室友走个楼梯把腿摔瘸了？太弱了吧，哈哈哈。"

房间里分外安静，导致回音也大，蒋少琰很确定汪哲肯定听到了，可他没什么反应，只是身形仿佛固定了，连呼吸声都听不见。

蒋少琰磨了磨后槽牙："你信不信我把你的腿打瘸？"

邹锐的笑声一顿："少琰，你在说什……"

"汪哲是保护我才受伤的。"蒋少琰刻意提高了音量，确保床上的人能听见，“谁嘲笑他就是嘲笑我。如果你不想跟我打一架，就闭上你的臭嘴。”

“你为了他骂我？”邹锐难以置信，可紧接着想起了蒋少琰那暴脾气，硬刚没什么好处，只好暂且忍下恼怒，适时转移了话题，“好好好，我知道你最知恩图报了，不跟你吵。我就想问一声，你还记得和我一起参加舞会的事吧？”

他不提还好，一提这个蒋少琰就来气。当初自己怎么就答应了呢，可信守承诺向来是他的做人原则，没法反悔了。

不过往好处想，趁这次机会自己可以跟邹锐把事摊开说明白，他们俩不适合做朋友，没必要继续来往了。

在和汪哲讲明白前，自己必须把邹锐这边处理好了，否则如何对得起他的真诚？

“我记得，到那天再说，先挂了。”蒋少琰一句废话都懒得讲，直接挂了电话。

全程听完对话的汪哲转过身来，一副怅然若失的样子，带着歉意开口：“学长，我可能教不了你跳舞了，对不起，祝你和邹学长玩得开心。”

蒋少琰顿时更火大了。

“我没法开心。”蒋少琰凶狠道，“你不教我跳舞，我去那儿干站着吗？”

汪哲闻言，身子一缩，小心翼翼地回道：“抱歉，那我……我尽快好起来，再教你跳舞。你别生气。”

“这还差不多。”蒋少琰这才满意，还当自己装凶的方法挺管用，心里琢磨着以后可以多这样“训”一下傻狗，免得他老是尿兮兮、羞怯怯的，一点都不机灵。

离校庆还有不到一个星期，每个院系都进入了最后的排练阶段。基本上道具组完成任务就无事可做，蒋少琰偶尔还会去排练厅看同学彩排一会儿，但大多数闲暇时间就在篮球场上和公寓里待着。

这两天汪哲已经可以去上课了。蒋少琰本想接送汪哲，毕竟拄着拐杖还是不太方便，可汪哲倔强得很，一大早趁他还在熟睡时就偷偷起来，洗漱出门，晚上也绕过他悄悄回宿舍，然后发短信告诉他，已经回宿舍了，不用来接，根本不给人照顾的机会。

蒋少琰纵然气恼，却也拿他无可奈何。

两人见面的时间突然少了许多，以前明明在学校里也能经常见到，现在却只有在宿舍才能说上一会儿话。汪哲没再提起教他跳舞的事，蒋少琰便没问，也没有去找别人练。出丑就出丑吧，无所谓了。

这样的日子一直持续到校庆前一天。

晚上，蒋少琰看完系里最后一次彩排，回到宿舍时已经九点多。蒋少琰一进门，发现汪哲也在宿舍，他正坐在桌边看书。他见蒋少琰回来了，笑着说："学长，你回来啦，要不要我教你跳舞？"

蒋少琰一愣，随即哼了一声："嗬，你总算想起来了？"

他嘴上不屑，心里却有些高兴。

这几天，蒋少琰基本放弃汪哲一夜变强的可能性了，心里计划着等舞会结束了，就把这傻狗好好教育一顿，然后威胁他跟着自己混，这既能达到目的，又不失尊严，完美。

既然这傻狗终于开窍了，就先看看他准备怎么做吧。

汪哲站起身，离了拐杖，脚步还有些不稳，高大的身躯慢慢走到蒋少琰面前，稍稍低头，张开手臂："学长，这个动作需要你搭住我的肩。"

蒋少琰面无表情地把手搭了上去，这才发现汪哲的肩膀很宽厚，衣服布料下传来温暖的体温。

"学长，我要帮你调整一下姿势了，抱歉。"

汪哲贴近了些，对他低声说，紧接着一只手放在了他的腰间，微微收紧，帮他寻找正确的发力点。

"我……我还要动一下你的手，学长。"

蒋少琰主动伸手跟着汪哲的方向动："这样？"

"嗯。"汪哲深吸了一口气，稍稍退开，"那我开始教了，学长你仔细看。"

汪哲紧张而又小心地动起了脚步，让蒋少琰一点点模仿。

蒋少琰一个动作都没记住。

在又一次踩到汪哲的脚后，汪哲忍不住"咝"了一声，蒋少琰立刻反应过来，忙道："今天就这样吧，反正现在学也来不及了。"再这样跳下去，自己怕是下一秒就会害得汪哲改去坐轮椅，这可比跳舞出丑丢脸多了。

汪哲突然被叫停动作，愣了一会儿才轻声道："好，学长早点休息吧，明天会很累的。"

他停顿了一下，又补充了一句："祝你跟邹学长玩得开心。”

蒋少琰的脸色顿时沉了下来，一声不吭地走进卫生间，摔上了门，用冷水狠狠搓了一把脸。

明明说过一定会坚持的，别这么早就丧失信心啊，傻狗。

果然，明天自己舞会结束回来还是先揍他一顿再说吧。

第五章 校庆

Shao Shuo Ji Ju

校庆当天，全校狂欢。

上午，每个院系在学校千人礼堂表演了节目，多是一些常规的才艺表演，也有让人昏昏欲睡的诗歌朗诵。蒋少琰所在的系第十个出场，带来的是一段颇具T大校园特色的小品，吐槽了T大各种现象，引起极大共鸣，台下的学生都乐不可支。蒋少琰在彩排的时候已经看过无数遍，但还是很给面子，勾着嘴角鼓了鼓掌。

下午便是各个社团的摆摊活动。柳函和晓晓非要拉着蒋少琰一起逛，一路玩了一些项目后，他们来到了一个射飞镖的摊位前，恰好遇到汪哲在管摊位。

蒋少琰看了一眼社团名字：天文社。难怪这个飞镖盘上有各种各样的星座图标。

汪哲见到他，立刻给了他一大把飞镖，比别人的数量多一倍，笑着道："学长，射中了有奖励哦。"

"规则呢？"

“射中你自己的星座就可以了。”

蒋少琰是白羊座，他看了一眼盘面，活动手腕试了试手感，抬手瞄准了方向，问道：“你是什么星座？”

汪哲一愣：“啊？我是巨蟹座。”

“咻！”一支飞镖破空而出，准确无误地钉在了巨蟹座的位置上。

“学长，要射中你自己的……”汪哲又解释了一遍规则。

“傻狗。”蒋少琰又迅速投出一支飞镖，再次正中目标。

“蠢得没药救。”又一支。

“早晚被你气死。”再来一支。

旁边的柳函和晓晓憋笑憋得快出内伤了，只有汪哲呆呆地看着蒋少琰像泄愤一样骂一句射一支飞镖，直到把手头十来支飞镖全射出去了，巨蟹座的位置也已经密密麻麻地钉满了飞镖。

蒋少琰射完飞镖仍觉得不够，还想转头再骂两句汪哲，旁边突然响起一道声音。

“射得真准！”

邹锐笑着走过来，手臂很自然地搭上他的肩膀，随口朝汪哲道：“你给我一把飞镖，我要射少琰的星座。”

蒋少琰皱起眉头，扒下了邹锐的手：“滚。”

邹锐哈哈大笑：“别见外啊，少琰。”说完，他发现汪哲仍站在那儿没动，眼神有点锐利地盯着他。

“给我飞镖啊！干吗，你不服？那咱们来比比。”邹锐挑衅道。

汪哲收起了面对蒋少琰时的笑容，棱角分明的俊朗脸庞顿时显得有些冷酷，褐绿色的眼眸似乎散发着丝丝危险。

蒋少琰从没见他露出过这种表情，一时微怔。

汪哲没说什么，却走到了与邹锐并排的位置，给了他五支飞镖，自己也拿了五支，要比赛的架势很明显了。

邹锐根本没把他放在眼里，嗤笑一声，抬手随便一甩，就正中白羊座图标。

汪哲则十分沉默，他紧盯着靶子，表情相当凝重，仿佛这是一场决定命运的比赛。他试了几下手感，认真瞄准，接着用力一投——

“叮！”飞镖射在了双鱼座的位置。

邹锐笑得越发嚣张，抬手又将剩下四支飞镖投了出去，轻轻松松地全中。

哪怕汪哲后面四支飞镖全中，他也已经输了。

柳函见汪哲神情有些难看，拉过蒋少琰低声劝道：“别让他们比了，你小学弟的自尊心都快承受不住了。”

蒋少琰摇了摇头，继续袖手旁观。汪哲回头看了他一眼，在无声中传递着自己坚决不服输的态度，随后深吸一口气，鼓起勇气把剩下的飞镖一支支投了出去，每一下都专心致志，无比奋力。

可惜没有一支飞镖进入白羊座的范围。

“嘁，弱爆了。”邹锐轻蔑道，“少琰，跟我走，帮我挑去舞会的衣服。”

蒋少琰看着站在一旁垂眸不语的汪哲，心里思索着：这傻狗明知自己赢的希望不大，还敢答应比赛，该说是有勇无谋还是勇气可嘉？又或者说，是他太想获得自己的认可了，哪怕只有一线希望，也想让自己对他刮目相看？

蒋少琰顿时心情大好，嘴角一扬，上前揉了揉汪哲的脑袋，用只有两人能听见的声音轻声说：“傻狗，晚上去舞会找我，有事跟你说。”

汪哲迷茫地抬头，眼里还有未散去的落寞，蒋少琰却已经跟邹锐走了。

晚上的舞会是整个校庆日最盛大的活动，所有院系的学生聚集在一起，无论什么年级，都可以在大厅或相连的室外广场上尽情玩乐。喜欢安静或者只想跟对象待在一起的人通常会选择室外，而想秀舞技或者想高调秀恩爱的人则会选择大厅。

如果可以的话，蒋少琰其实想选择不参加舞会，可像邹锐这样爱出风头的人，自然是不由分说地带他去了灯火通明的大厅。

舞会开始前，蒋少琰陪邹锐挑了一个多小时的衣服。他实在不能理解一个大男人为什么这么能磨叽。他自己就随便穿了一套衣服，还是去年许倩央求他陪她参加舞会时买的，说是很衬身材。蒋少琰没当回事，只觉得穿着还算舒服，今年便又拿出来穿了，懒得再买。

邹锐最终选了一套深蓝色的衣服，带着暗纹，在灯光下闪烁，骚气十足，幸好他长得还行，不然真的让人不忍直视。

两人刚一踏入舞会大厅，就有几个人围过来跟邹锐聊天。蒋少琰总觉得他们看向自己的眼神很微妙，看向邹锐的目光却是一致的佩服。

什么毛病？

“邹锐，你也来啦。”

蒋少琰听见一个有点耳熟的声音，回头一看，发现姚意穿着一套白色的礼服，袖口还带着流苏。在灯光的照射下，姚意的皮肤细嫩光滑，简直像一个陶瓷娃娃一样。

“姚意，今天你这身不错啊。”邹锐回道，然后有意无意地朝蒋少琰投去意味深长的眼神。

蒋少琰觉得莫名其妙，压根不想搭理他。

姚意兴奋道：“我一直在等你呢，可以跟我一起去舞池里玩玩吗？”

邹锐指了指面无表情的蒋少琰：“抱歉，有约了。”

蒋少琰心想：有个球约。

他没心情加入他们浮夸的对话，满脑子都在想汪哲的事：“你们聊完了吗？要跳舞赶紧跳，我想早点回去。”

邹锐一脸“看吧，不要惹他”的无奈表情，安抚地说：“好好好，我们走。”

蒋少琰忍住想揍人的冲动，不情愿地跟着他一起走入跳舞的人群。

此时的背景音乐是一首柔和的曲子，蒋少琰从汪哲那儿学来的动作有些合不上，便想着换了新的音乐再开始。

邹锐很绅士地鞠了个躬，然后伸出手，做出邀请的手势，笑着说："少琰，我今晚算是够有诚意了吧？你也该对我客气点了，我的耐心可是有限的。刚才你也看到了，等着给哥当小弟的人多着呢。"

蒋少琰冷笑道："那你就找别人去吧。"

邹锐仍当蒋少琰在计较那天的事，压低了声音："别闹，你要是给我这个面子，我保证以后一定尊重你，再也不轻举妄动了。我说的可是认真的。"

蒋少琰气笑了："认真？我怎么觉得你像施舍似的，好像我没你保护会死一样？"

"你能不能别总是这么话里带刺？"邹锐的语气变得有些强硬，"我是挺欣赏你，但学校里想跟我混的不止你一个，懂吗？"

蒋少琰不屑又挑眉："是吗？不好意思，能站在我身边的人也不多，现在已经有人选了，至于你，我一点都不想考虑。"

邹锐一把拉住转身欲离开的蒋少琰："你不会是说你宿舍里那个人吧？那么弱也够得上你的标准？"

蒋少琰彻底冷下了脸："你再说他一句试试，别怪我不顾情面揍你。"

邹锐像听到了什么荒谬到极致的事，一脸愕然。他居然还比不过一个随随便便就滚下楼梯弄断了腿的人？要是让别人知道蒋少琰这么对他，却选了那样弱爆的男生，他们会怎么想？之前他夸下海口，此刻岂不是要被打脸了？他绝不能让这种事发生。

"不准走。"他猛然发力，紧抓住蒋少琰的手臂，硬将人拽回面前。

蒋少琰吃痛，恼火地想推开邹锐，却突然感觉到哪里不对劲。

他的喉咙像瞬间被一只无情的大手扼制住，呼吸不畅，所有反抗的举动都被一阵猛烈的不适镇压住，浑身的力气也顿时被卸去了大半。

蒋少琰的身体一下子软了下去，头昏脑涨，脚步虚浮，被人半扶着往偏僻的走廊上走去。

这浑蛋身上有让自己突发过敏症的东西！蒋少琰恨得咬牙切齿。

邹锐将他带到了拐角处，像对待犯人一般轻而易举地将他的双手反剪在身后。

“你……滚……”蒋少琰奋力转回头，死死盯着邹锐，眼神阴沉可怖，仿佛能杀死人。然而这并不能挡住身体的虚弱，连喘出的气都不连贯，大大减弱了威慑力。

所幸方才突发的过敏症状逐渐被体内的药效压了下去，他能感到自己的体力开始慢慢恢复。

可还没等他凝神聚气，邹锐又凑了上来，低声威胁。蒋少琰闻言，猛地僵住，拼尽全力想挣脱桎梏，指甲几乎掐进对方的血肉里，却无法做出任何有效的反抗，只能眼睁睁地看着邹锐拿捏自己。

紧接着蒋少琰觉得手腕上的力道松了些，正要伺机挣脱，又发现邹锐的手里似乎多了样东西。

刹那间蒋少琰瞳孔骤缩，愤怒到发抖，大喊：“你敢！

我杀——”声音戛然而止。

汪哲到会场的时候，舞会已经开始一会儿了。他不知道白天蒋少琰最后那句话是什么意思，但他能做的只有听话，过来找对方。

可他绕了几圈，都没有看到蒋少琰的身影。

难道学长还没来？还是已经跟邹锐走了？

入了秋的夜晚已有几分凉意，落叶被萧瑟的秋风卷起又落下。汪哲黯淡的褐绿眼眸无神地看着远处，不知道该去哪里，不知道该做什么。身边都是一对对的情侣，搂着彼此从他身旁经过。

“汪哲！”

汪哲突然听见有人喊自己的名字，转身一看，是许倩。

跟蒋少琰亲近的同学他基本认识，他当即回喊了一声：“哎，你好。”

许倩对这个小学弟挺有好感，也知道他崇拜蒋少琰，上来便调侃道：“你来找你学长跳舞吗？怎么没换衣服呀？”

汪哲仍穿着平时随意宽松的休闲装，不好意思地抓了抓头发：“没关系的，学长不是和我一起跳，我只是来看看而已。”

许倩这才想起蒋少琰今晚是跟邹锐一起出席的舞会，还在学校论坛引起了热议。

“啊……抱歉。”她思索着有什么方法可以让小学弟开心点，“那要不你跟我跳一支舞？反正我闲着也是闲着。”

汪哲腼腆地笑了笑：“谢谢学姐，但是我……我还是想等等学长。”

许倩不忍心打击他，委婉地说：“少琰可能一时半会儿没时间，你既然来了，就先好好玩嘛。”

汪哲摇摇头，嘴角浅勾着：“我知道学长今晚大概不会跟我跳舞了，以后可能也不会，但我还是想等学长过来，实在抱歉。”

许倩听得揪心。这种好人，她怎么就遇不到？是她不如蒋少琰凶悍暴躁吗？

“没事，我理解你。那你来这儿干吗呀？”

“学长说有事要和我说。”汪哲的眼睛亮了起来，里面是满满的期待，“也许是要送我什么礼物吧，学长最近对我特别好。”

许倩好奇道：“是吗？比如呢？”

“学长给我买早饭了，还让我教跳舞，每天都待在公寓里陪我。可能是因为我上次进了医务室吧。”汪哲说完顿了一下，笑容渐渐淡了下去。

“学姐，我这样是不是很不好？利用学长的同情心。我应该拒绝的，可我实在拒绝不了。”

许倩听着心疼万分，安慰道：“这没什么啊，少琰也不会允许你拒绝的！”

“嗯。”汪哲低低地应了一声，目光投向不远处的大厅，“大概也就今晚了。如果学长身边有了能保护他的人，我不会再烦学长了。”

许倩闻言忍不住问：“汪哲，你到底觉得少琰哪里好啊？”

蒋少琰的脾气她最清楚。虽然本质不坏，作为一般朋友也很讲义气，但要是真走进他最亲近的那个圈子，恐怕没几个人消受得了。谁愿意和这么一个桀骜不驯的人称兄道弟?又不是找了一个爹，给自己找罪受。像汪哲这样的，全世界大概找不出第二个了。

汪哲浅笑道："其实我也不清楚，仰望他太久了，已经记不得当初是为什么了。"

"你……"许倩还想追问两句，突然看到罗永恒从大厅里跑了出来，一脸焦急，似乎还在朝他们叫嚷些什么。

"你这是怎么了？"

"汪哲，太好了，我刚想找你！"罗永恒跑到近处，仿佛看见了救星，气喘吁吁道，"我……我刚看到少琰被邹锐带走了，样子好像不太对劲。我拿不准怎么回事，怕打扰他们谈话，又怕少琰出事……你要不要去看看？"

汪哲的面色瞬间一变："你带我去。"

三人迅速冲进了大厅，跟着罗永恒转进了七拐八弯的走廊，可罗永恒也不知道具体位置，他只看见蒋少琰被带了进来。罗永恒没了头绪，急得要命，反倒是汪哲冷静地安抚他，让他好好想想两人往什么方向走了。

当他们正要摸索前进时，忽然听到拐角处传来细碎的声音。他们互相看了一眼，立刻跑了过去。厚重的地毯掩盖了他们的脚步声，却不能掩盖空气中诡异的声响。

"放开……你……"

汪哲猛地止住了脚步。

许倩一时没注意，撞到他背上，疼得“嘶”了一声。她揉着额头，刚想问他为什么停下，一抬眼，也怔住了。

蒋少琰闭着眼，不知道有人来了，装成一副被过敏症状折磨的虚弱模样。他刚才急中生智，及时收住了骂人的话，软软地喊了句“锐哥，我错了”，让邹锐松了几分力，给自己争取了恢复体力的时间。

蒋少琰隐忍着，准备趁对方放松警惕的时候奋力出拳。他刚半睁开眼，正欲行动，突然余光一瞥，瞧见了不远处站着的汪哲等人，顿时愣住了。

汪哲死咬着嘴唇，手垂在两侧紧握成拳，全身都在颤抖，似乎在极力忍耐，睁大的眼睛泛着红光，神情悲怆又痛苦地盯着面前的两人。

蒋少琰闭上眼，心里重重叹了一口气。

——傻狗，快来帮帮我啊。

下一秒，他身上的重量陡然一轻，耳边传来邹锐破口大骂的声音：“你有病吧？”

蒋少琰睁开眼，看见邹锐一拳朝冲过来的汪哲砸去，立刻上前一步，拦在汪哲面前，截住了落下的拳头，冷声道：“邹锐，我们没什么好说的了。”

邹锐气得脖子都红了，瞪着眼看恢复体力的蒋少琰，最终骂了句“你等着后悔去吧”，继而愤然离开。

这会儿蒋少琰拦不住他，也知道自己打不过他，只能暂时放他一马，何况眼下有更重要的人在面前。

蒋少琰看了一眼胸口仍不断起伏，情绪激动的汪哲，问许倩和罗永恒："你们带他来的？"

罗永恒点点头。

"谢了。"蒋少琰还有点喘，攥着汪哲的衣服一把将他拉到自己身边。

"这傻狗我带回去教训，先走了。"

罗永恒一脸茫然地看着两人离去的背影，转头问许倩："这……我们到底是帮没帮上忙啊？"

许倩也搞不清楚状况，一脸蒙道："大概帮上了吧。"

蒋少琰带汪哲回了公寓，路上两人没说一句话。

一进门，他就把自己的外套脱了，扯了扯领口，让呼吸顺畅些。过敏症带来的影响还未完全消退，并且引起了体内的一些动静，眼下想要快速平复下来，最好的方法还是依靠药物。

蒋少琰服下过敏药，坐在床边，手肘撑着两边膝盖，一副兴师问罪的样子，朝低着头沉默的汪哲勾了勾手指："过来。"

汪哲耷拉着脑袋，听话地走了过来，屈膝半跪在他面前的地板上，即便如此，也比他高一些。

蒋少琰的语气冷冷的："你知道错了吗？"

汪哲抿紧唇，似有不甘，过了半晌才说："对不起。"

"对不起什么？"

"对不起，我没忍住，我太冲动了，我不该那样做的。"他的声音有些发颤。

蒋少琰眉头一皱："谁说这个了？你刚站在那儿不动，犹豫什么呢？万一我真投靠了邹锐怎么办？"

汪哲沉默几秒才回道："那……那我就搬出去。"

蒋少琰的太阳穴突突一跳，看来不教训教训这人是真的不行了。

蒋少琰直接问："我可以揍你一顿吗？"

汪哲闭了闭眼，深吸一口气，再睁开时，眼眶泛红："嗯。"

"起来。"蒋少琰站起身，"我揍人可是很痛的，你闭上眼睛，不然场面太血腥了。"

汪哲站了起来，他明明比蒋少琰高一个头，却一点儿没有反抗的意思。

"没事的。"他闭着眼，苦涩地笑了笑，睫毛在脸上投下长长的阴影，"我现在已经痛得快要死了。"

蒋少琰忍无可忍，猛然出手，狠狠地在他的额头上弹了一记。

汪哲愕然睁眼，正对上蒋少琰近在咫尺的黑亮眼眸，一时呆愣住，样子傻得要命。

"我揍完了，痛不痛？"蒋少琰挑眉。

汪哲的脑门被弹红了一块，他惊愕地半张着嘴，一句话都说不出来。

"说话啊，哑巴了？"蒋少琰被他盯得莫名有些紧张，"你不说话，我就继续揍了啊。"

等了几秒，他依然没反应，蒋少琰便又凑了过去，这回没弹，而是揉了揉他的头发："傻狗，愣着干吗？"

汪哲整个人都蒙了，愣了好半天才终于找回自己的声音，结结巴巴道："学……学长，你不是要揍我吗？"

"我才舍不得揍你。"

"那……那你为什么要揉我头发？"

蒋少琰直截了当道："因为你现在由我罩了，我想干什么就干什么，有问题吗？"

这是蒋少琰在短时间内能想出来的最霸气又不失尊严的宣言了。

汪哲的大脑仍转不过弯来："可是刚刚邹……"

"我已经彻底跟他闹掰了。"蒋少琰想起这事就生气，不愿多谈，皱眉不耐烦道，"哪来这么多废话，你还要不要帮我扛事儿了？"

"要的！"汪哲连忙道。他原本黯淡的眼睛亮起了光，神志逐渐回笼。

蒋少琰松了口气，顺势躺在床上，翻过身拍拍自己的背道："刚刚被邹锐弄得痛死了，快来帮你琰哥按摩按摩。"

虽然汪哲还不明白发生了什么，但此刻他完完全全被蒋少琰的话蛊惑了，脑子里只剩下一件事。他紧张得不能更紧张了，低头开始轻轻给蒋少琰按摩。

这傻狗的手还真大。

汪哲显然察觉到了他的放松，不禁更加卖力，使出浑身解数，认真地按摩着。

蒋少琰一开始还觉得像被大金毛蹭着，有点痒痒的，可渐渐被他按得舒服了。

汪哲的动作仿佛是上了发条，一下下极有规律。蒋少琰想出言嘲笑他，却意识到自己好像有点疼。

蒋少琰稳了稳呼吸，抓着汪哲的手稍稍推开他几分。

“你傻不傻啊，”蒋少琰尽量让自己的声音听不出问题，“我骨头都要被你按断了。”

汪哲表情呆呆的，点了点头：“学长，那我轻一点……”

蒋少琰一愣，见他这样也不好再说什么。

汪哲凑过来，再度搭上蒋少琰的肩，青涩而紧张地按摩着。他着实没什么技术，全凭着一股子激动和关心，因着蒋少琰刚刚的话，力度减小了很多。

谁也没说累了，谁也没喊结束，他们便一直持续了下去。最后汪哲停了下来，手从蒋少琰身上离开。

“你干吗停下？”蒋少琰问。

汪哲支支吾吾地说：“学长，我手抽筋了……”

蒋少琰转头看见汪哲因发力不当而抽筋的手：“……”

“我去洗漱了，你赶紧活动活动吧……”他实在觉得不好意思，尴尬地冲进了卫生间。

二十分钟后，蒋少琰洗了个澡，擦着头发走出来，发现汪哲正坐在床沿，像在思索什么，见他出来，便望了过来。

蒋少琰没有再看他，甩给他一句“我用完了，你去吧，动静小点”便径自上了床。

“好。”汪哲没有问什么，紧接着进了卫生间，果然放轻了动作，没传来什么动静。

汪哲过了很久才出来。蒋少琰在床上刷着手机，其实什么都没看进去。

汪哲擦干头发，换上睡衣，踌躇了一会儿，走到他的床边，乖巧地蹲下，忐忑地问：“学长，我想问一下……为什么选我？”

我认可你啊，还能为什么？蒋少琰觉得他简直蠢得要命。

“我看你顺眼。”

汪哲费力地消化着这一连串事件带来的冲击，仍旧难以置信：“那也就是说……我现在是可以替学长排忧解难的朋友了吗？”

蒋少琰觉得无语，伸手揉了揉他湿软的头发。

“是啊，傻狗。”

汪哲激动得在房间里乱转，湿乎乎的头发一直滴水也不在意，像只得了夸奖的大狗，就差摇尾巴了。

蒋少琰被甩了一脸的水，倒也没说什么，嘴角轻轻地勾了起来。

这傻狗这么容易满足，自己以后对他再好点儿，他岂不是要乐疯了？

第六章 回忆

Shao Shuo Ji Ju

第二天是星期六，蒋父刚好出差回来，之前蒋少琰说好了要回家和他一起吃顿饭。蒋少琰虽然有点不放心刚收的“小弟”，可“小弟”相当懂事，得知这个情况，非让他回家陪蒋父不可。

蒋少琰临走前留了句“等我视频”，汪哲立刻灿烂地笑着说：“嗯。”

回了家，蒋父又是一顿张罗。蒋少琰吃完晚饭，打着饱嗝躺倒在卧室床上，瞧着时间汪哲也差不多回公寓了，便拨了一个视频电话过去。汪哲很快接了起来，背景却不是他们的公寓。

“你在哪儿呢？”蒋少琰看着屏幕里黑乎乎的背景问。

汪哲的脸在灯光下还算清晰：“我在天文社。社长说今晚可能有流星雨，叫大家一起来守着。”

蒋少琰想起之前校庆那天，汪哲也是管天文社的摊位。他没怎么问过汪哲的社团活动，此刻来了点兴趣：“你喜欢看星星？”

汪哲说：“这天上的星星离我们这么远，光芒传过来要几百年甚至上万年，可它们还是做到了。所以我认为，只要努力绽放出自己的光芒，总有一天会被人看到的。”

蒋少琰对他这一番答非所问的回答有些困惑，但还是应了句：“嗯。”

“学长果然不记得了啊。”汪哲苦笑道，“这是你以前对我说过的话。”

蒋少琰一愣，自己还说过这么有文采的大道理？

“我们——”到底在什么时候见过？他还没问出口，敞开的卧室门被人“咚咚”敲了两声，他爸端了盘饭后水果进来。

“你跟谁聊天呢？还是上次那个？”蒋父依旧十分八卦。

蒋少琰无奈地把屏幕转了一个方向：“是啊，上次叫你爸的那个。”

汪哲见了蒋父仍然很紧张，不过比上次稍微好点，毕恭毕敬地喊了声：“叔叔好！”

蒋父笑着跟他打了招呼，又仔细端详了他一会儿，突然问：“我上次就觉得你眼熟了，后来想了想，小朋友，你是不是以前来过我们家，问少琰考了哪所大学？”

汪哲赧然：“是的，叔叔您的记性真好。”

“哈哈，果然是你。”蒋父朗声笑道，“你后来就没出现了，我以为没下文了呢，没想到你们真读同一所大学啊！”

蒋少琰在旁边听他们聊了半天，讶异道：“爸，你什么时候见过他？”

蒋父回忆了一下，说道："好像是你刚考进T大那年，我回家正好看到这小朋友在咱家门口蹲着。他问我，你去哪所大学了，说是要跟你考一所大学。我看他那么诚恳，就告诉他了。"

蒋少琰怔住了。自己大一那年，汪哲才上高中吧，他居然那么早就开始关注自己了？

蒋父还想跟汪哲多聊几句，蒋少琰却收回了手机："爸，我有话问他，你先休息去。"

蒋父嗔怪道："你翅膀硬了啊，电话还不让我听了。"说完，他倒是很通情达理地离开了，还不忘顺道关上蒋少琰卧室的门。

蒋少琰重新看向屏幕里的人。汪哲被戳破往事有些不好意思，习惯性地揉了揉鼻子，褐绿色的眼睛小心地瞟着蒋少琰，问道："学长，你会不会觉得我是变态啊？之前跟到家里去……"

蒋少琰深吸一口气，勉强维持住脸上的冷峻："坦白从宽。"

汪哲慌了："我……我知道学长去了哪所高中，但不知道你去了哪所大学。学长在学校那么有名，我稍微一打听就知道了你家地址……对不起……"

去了哪所高中？那敢情时间线还得再往前推点儿？

"我们到底在哪里见过？你之前说的我帮过你又是怎么回事？"蒋少琰干脆把心里的疑惑全问了出来。

汪哲见蒋少琰没追究他打听地址的事，松了一口气，便把往事原原本本地叙述了出来。

蒋少琰听完描述，终于回想起那件早已被自己遗忘在某个角落的小事。

他读初二的时候，个子不算高，成绩不好不坏，却已经是学校里人人谈之色变的“暴躁一哥”了。那会儿他比现在更毛躁叛逆、不服管，没人惹时还能安安静静学习，像一个普通学生一样过日子，可一旦谁惹过来了，追着人家跑半个校园也要把人揍服了。

偏偏每次打架他还挺占理，而那些被揍的人也嫌丢脸，不敢声张，几乎每次都大事化小，小事化了，并没有什么严厉处罚。

后来，升入初三的他在他爸苦口婆心的劝说下，确实稍微收敛了点，但这不代表脾气变好了。

某天晚上，他赶着去上晚自习，抄了一条隐蔽的小道进学校，恰好遇见两个男生围在墙下欺负一个低年级的男生。他们中学不同年级穿不同颜色的校服，那两个高个子显然是初三的，而那个被围着的似乎是初一的。

“就这么点钱？你打发谁呢？看不起谁呢？”一个高个子男生推了那低年级的男生一下，被推的人往后踉跄了一步，摔倒在地上。

“今天我只带了这些。”倒地的男生怯怯地说，中文发音有些不标准。

“废物。”另一个初三的踹了他一脚，“我没见过你这么弱的，真丢我们男生的脸。”

“你不就靠一张脸吗，一点男子气概都没有，还敢乱勾搭我们学妹，不想活了？”

那个初一的小男生一声不响地任他们打骂，被踢疼了才闷哼一两声。

蒋少琰本不想多管闲事，再惹麻烦怕是又要挨老爸批评，可要进学校就必须经过被他们堵住的路，无奈之下只能出声：“那边几位，麻烦让一让，好吗？”

他冷冽的声音一响起，那两个初三的男生就停下了动作，回头看过来。蒋少琰若无其事地走过去，借着路边的灯光随意瞥了一眼那个摔在地上的学弟。他脸上、身上都是灰尘，衣服上满是脚印，脏兮兮的，可掩盖不住那俊俏的脸和与众不同的褐绿色眼眸。

哟，还是一个混血儿，长这么好看，难怪被人嫉妒。

蒋少琰径直从他们三个中间穿过去，懒得理睬他们，把书包随手往学校里边一扔，正欲有所动作。

突然，其中一个初三男生吹了声口哨，问：“要不要我帮你托着呀？”

另一人听了，也跟着哄笑：“看着挺翘啊。”

他们两个自然认得蒋少琰，但没见过蒋少琰揍人，总以为传闻有夸大的成分。这么一个小男生怎么可能打得过比他高大的男生？就算蒋少琰真的能，总不可能打得过两个吧？他们见蒋少琰生得好看，脸白白净净的，看起来也没多凶煞，便流里流气地想取笑一下，改天还可以拿来当谈资。

蒋少琰闻言，停下动作，转过身，阴森森地咧嘴一笑。

两人顿时心里发毛。

“我教教你们，什么叫‘老虎屁股摸不得’。”

十分钟后，两个被揍得屁股开花的男生哭喊着逃了出去，跑出百来米才敢回头大吼要报仇。

蒋少琰才不把这话放在心上，走到学弟面前，蹲下，问：“喂，你看着体格也不差，怎么都不反抗啊？”

可怜、弱小又无助的学弟：“我不会打架……我太弱了，谢谢你帮了我，学长。”

蒋少琰最听不得这种自怨自艾的话，冷哼道：“弱？我有过敏症，从小体质差，我都能打跑他们，你凭什么这样否定自己？一点努力都不付出，被人欺负就往自己身上找理由，你这样早晚还得挨揍。”

“可是我不知道怎么努力。”学弟用不太标准的中文焦急地解释，“我确实性格不太强势，但我还有其他优点啊，为什么大家都觉得男生就一定要强硬呢？我实在做不到。为什么这样就会被欺负？”

蒋少琰看着苦恼、委屈的小学弟，扑哧笑出了声，冷冰冰的面容顿时生动起来，和刚才揍人的凶残样子判若两人。学弟一时看愣了。

“我们两个一个太强硬，一个太不强硬，倒挺互补。”蒋少琰笑着说，“我前两天写作文抄了一段话，是什么来着……大概是这么说的：这天上的星星离我们这么远，光芒传过来要几百年甚至上万年，可它们还是做到了。所以我认为，只要努力绽放出自己的光芒，总有一天会被人看到的。”他伸手揉了揉学弟乱七八糟的头发。

“所以你的优点啊，总会有人看到的。”

汪哲讲完往事，蒋少琰还沉浸在回忆里难以抽离，直到汪哲轻声说话，他才回过神来。

“所以你从初中那时起就开始关注我了？”蒋少琰不可思议道。

汪哲点了点头。他已不再是初见时年少的模样，隐隐透出成熟男人的英俊沉稳，只因年纪尚轻，仍带着几分青涩。

蒋少琰一直知道汪哲很羡慕自己的强大，毕竟他们见面的第一天汪哲就说清楚了，他也从来没轻视过这点，措辞都是经过谨慎斟酌的。

可是他从没想过，自己给汪哲带来的影响远比他以为的更大。

从初一到大一，将近六年，这六年里汪哲是什么感受，他实在难以想象。

蒋少琰问道：“你为什么当时不跟我说？”

“我那时候太小了，你肯定不想带着我这个小屁孩一起玩……而且我也觉得自己差了你太多。”

蒋少琰笑了：“怎么，现在你觉得差我不多了？”

汪哲摇摇头：“现在也不觉得，但起码我已经有勇气跟你说出我的心里话了。”

“别尿，你没有差我很多。”是我知道的太晚了，蒋少琰在心里说。

他突然又想起来一件事："你高中不会也跟我一个学校吧？"

汪哲还真证实了他这个猜测："嗯，我打听到学长去了哪所高中，还好分数不算太高，我就考过去了。可是我入学的时候学长你已经高三了，我没见到你多少次，也不敢打扰你学习。"

蒋少琰捂住自己的眼睛，长长地叹了一口气，轻声说道："汪哲。"

"嗯？"

"你别真是一个傻瓜吧？"

有谁会傻到这么多年没交集，还坚定不移地朝着这个人的方向努力啊？原来在自己毫不知情，以为找不到并肩之人的时候，有个人已经默默地关注了自己这么长的时光。

两岁的年龄差并不算大，却让他们错过了彼此如此之久。

蒋少琰想到刚才他爸跟汪哲的对话，这家伙直到自己考上了大学才敢来问。那时候自己已经住校了，经常两三个星期不回家，他爸又到处出差，汪哲是等了多少天才终于问到答案的？

蒋少琰光是想一想，就觉得很不是滋味了。

汪哲在手机那头嘟囔道："学长，其实我不傻，我成绩挺好的。"

他都不知道自己在说他哪方面傻，果然很傻。

"好好好，你不傻，你聪明。"蒋少琰语气上带了点不自觉的纵容，"你这么崇拜我，我也只有一辈子罩着你才能报答你了。”

汪哲忙道：“我是自愿的，学长不要觉得有负担。”

这时，有人在远处喊了一句：“汪哲，流星雨快来了，赶紧调试好望远镜。”

汪哲忙道：“学长，你别挂视频，我们一起看流星雨吧。”

“行。”蒋少琰答应了，起身下床，走到窗边望向窗外。夜空清朗，万里无云，确实是一个观测流星雨的好天气。

两人有一搭没一搭地聊着天，天文社的几个同学见汪哲说话时笑得腼腆，便扒拉着他的肩膀凑过来打趣。

“你跟谁聊天呢？让我来看看能小汪同学笑成这样的是何方神圣——我去！”

大三的天文社社长一对上屏幕里蒋少琰投来的凌厉视线，瞬间吓得魂都飞了：“琰哥。”

他跟蒋少琰不熟，算是点头之交。其他几人虽没见过蒋少琰，但也听说过这位赫赫有名的暴躁“琰哥”，一时都傻眼了。

“叫什么！”蒋少琰冷眼一扫，“你没见过人聊天啊？”

汪哲有点难为情：“学长。”

“不是，你们怎么……”社长的下巴都快惊掉了，满脸疑惑，又不敢惹着蒋少琰，小心翼翼地问，“琰哥，你之前不是和那谁……”

汪哲笑容一僵，但很快掩饰了过去。

蒋少琰通过屏幕看得一清二楚：啧，自己还是得给这傻狗吃颗定心丸。

“那谁哪儿比得上他，我又不瞎。”蒋少琰自认为非常坚决又霸气地表达了自己对汪哲的认可。

社长和几个同学你看看我，我看看你，又同时一起看向人畜无害的汪哲，怎么想都觉得他是被蒋少琰威胁欺负了。可到底还是自己的小命重要，只能顺着蒋少琰的话应和了几句，随后装作无事发生四处看风景，实则一个个暗中掏出了手机，噼里啪啦地向各路亲朋好友发送这个爆炸性新闻。

——T 大的校霸“琰哥”竟然主动亲近人了，还是一个大一的新生！

蒋少琰还不知道自己的论坛大楼这会儿噌噌噌地盖起了好几层，懒洋洋地倚靠在窗台边，问汪哲：“流星雨什么时候来啊？我都困了。”

汪哲看了看手表：“大概还有一刻钟。学长，你冷吗？要不我录了给你看吧，你早点睡。”

向来越晚越精神的蒋少琰破天荒地在八点打了一个哈欠：“没事，我陪你。”

汪哲立刻露出感动的神情，相当好骗。

蒋少琰在心里发笑，面上却露出一副眯着眼仿佛真的快睡着的样子。

“可是我好困啊，怎么办？要不你给我讲个故事吧？”

正竖起耳朵听他们对话的众人都满脸震惊之色。

这还是他们所知道的那个冷酷无情、凶神恶煞的 T 大琰哥吗？

汪哲赶紧走了两步，以防别人偷听，小声说：“学长别戏弄我了，我脸皮很薄的。”

“怎么个薄法？”蒋少琰忍不住扬起了嘴角，“我看你挺能忍啊，默默关注我六年。”

汪哲根本敌不过蒋少琰这根老油条，顿时手足无措地立在原地，涨红了脸，半天想不出一句应对的话来。

还好这时社长喊了他一声，他才总算得以脱身，急忙跑到社团众人围聚的地方，转移了话题：“学长，看流星吧，它马上就来了。”

“好。”蒋少琰暗笑，暂且放过了他。

天文社的众人聚精会神地仰望着天空，在晚风中百无聊赖地等了几分钟后，突然墨色的夜空划过一颗明亮的流星，一闪而过，稍纵即逝，顿时引起一阵兴奋的欢呼叫喊。

“学长，你看到了吗？”屏幕里的汪哲笑得眼睛弯起，“记得许愿！”

蒋少琰“嗯”了一声。其实他对这种活动没什么兴趣，但能跟汪哲一起看，倒也挺有意思。

很快，一颗接着一颗的流星紧随其后，迅速划过天空，有时甚至十几颗同时降临，像一束束倒放的烟花，划破长空，从绚烂璀璨到绽放最后一丝光芒，融入漆黑的夜色里，壮观而绮丽。

蒋少琰看了眼汪哲，发现他正闭着眼睛许愿，问道：“你许了什么愿？”

汪哲睁开眼，笑了笑：“说出来就不灵了。学长，你快许愿。”

蒋少琰拗不过他，只能闭上眼，许了一个很俗套但实在的愿望——就祝所爱之人都平安幸福吧。

星期天晚上，蒋少琰拎着蒋父准备的大包小包回了公寓，还捎上了汪哲的份。袋子格外沉，若不是他身体素质还行，早就被压垮了。

汪哲像往常一样，趁周末把公寓大扫除了一番，窗户光洁如镜，地面一尘不染，他甚至把蒋少琰堆在那儿想攒着一起洗的衣服也洗了，贴心得仿佛是从田螺里蹦出来的。

蒋少琰之前问过他周末怎么都不回去，他说家里开的公司在国外，父母在他上大学之后就安心去国外忙事业了，把他交给了当校长的伯伯照看，只有假期才能见面。反正回家也没人，干脆就不回去了。

看在室友缺少家庭关爱的分上，蒋少琰把他爸硬塞的两盒鲜牛奶从包里拿出来，摸着还有点凉意，随手递给了汪哲一盒。

他爸总让他多喝奶补补钙，盼望着他再长高些，以免受欺负。其实他已经算高的了，甚至超出男生平均身高不少，而且他实在不喜欢牛奶的味道，顶多喝得下一盒。

“我爸给你的，喝了。”蒋少琰脸不红心不跳地胡诌。

汪哲开心地接过牛奶，像得了什么珍宝似的，翻来覆去看了一通，小心地撕开盒子，抿了一小口：“好喝！”

蒋少琰觉得无语：“不就是一盒牛奶吗？”

他腿一跨，闲散地坐到桌子上，也扯开包装口子，灌了一大口牛奶。他对那味道仍不习惯，皱着眉去看盒身上的介绍，嘴边还残留着一点奶渍，沾染在淡红的唇上。

“这牌子的牛奶也太难喝了。”蒋少琰想着一会儿得跟蒋父说，下次别买这牌子，一抬头却发现汪哲正看着自己。

“怎么了？”

汪哲指了指自己的嘴示意：“这里。”

蒋少琰擦了擦嘴：“还有吗？”

汪哲摇了摇头，蒋少琰恶作剧的想法冒出头，就收不回来了。他笑道：“傻狗，过来。”

汪哲走了过来，还拿着只喝了一口的牛奶。

蒋少琰突然觉得汪哲并不像自己家的金毛，倒有点像……像什么呢？他也说不上来。

他觉得有必要给这傻狗立立规矩：“以后你不用跟我这么见外，懂吗？”

汪哲眼里的欢喜浓郁得都快漫出来了，他腼腆地“嗯”了一声，蒋少琰见他这么乖，又起了坏心，把他手里那盒牛奶抢了过来，正准备动作。

“少琰，我听说你跟汪哲……我去，不好意思打扰了。”见房间门没关紧就大大咧咧走进来的柳函发出一声惊呼，转身倒退了出去。

汪哲在声音响起的一瞬间就往后退了退，急忙和蒋少琰拉开距离，蒋少琰却拦住他，一使劲又把牛奶递了过去。

“你怕什么，大惊小怪的，把它喝完。”蒋少琰敲了敲牛奶盒子，朝门外喊，“柳函，你给我进来。”

还没来得及逃离现场的柳函苦着脸走了进来，一抬头就看见蒋少琰坐在桌上，大大方方地搭着汪哲的肩膀，汪哲却一脸紧张，想离开却又不敢动。

柳函觉得无语："我就没见过你这样的，差点以为你在欺负他。"

蒋少琰道："滚你的。"

柳函道："还是低调点吧，你知道你们俩现在都成学校里的'风云人物'了吗？"

汪哲一听，立刻担心地问："怎么会？要紧吗？会不会给学长添麻烦啊？"

柳函耸耸肩，道："说不准，我觉得邹锐可能会来找麻烦。少琰，那天的事我听罗永恒他们说了，邹锐这个垃圾居然敢诱发你的过敏症，你做得好！"

汪哲怔了怔："学长，那天是邹锐企图伤害你？然后你跟他闹掰了？"

"是啊。"蒋少琰随口答了句。他没听出汪哲语气里的异样，正思考着这事会不会给汪哲带来麻烦。

他没想瞒着，高调得随心所欲，可现在一想，自己得罪过的人不少，不知道那些人会不会找汪哲出气。这傻狗这么弱，应该打不过他们。

最麻烦的还是邹锐。之前邹锐气到铤而走险，不惜玩阴的，如今这种情况，邹锐会不会做出更极端的事报复？

蒋少琰皱眉思索了一会儿，然后对汪哲说："最近你别去偏僻的地方，尽量跟我待在一起。"说完好几秒都没得到答复，他疑惑地抬头看去，发现汪哲似乎在发呆，表情愣愣的，不知道在想什么。

他又说了一次："你听见了吗？"

汪哲陡然回神，继而笑了笑："嗯。"

这个笑容有些勉强，蒋少琰以为他为同样的事发愁，便安抚似的摸了摸他的脑袋。

"放心，有我在，没人能动你。"

第七章 撑腰

Shao Shuo Ji Ju

周一上学的时候，蒋少琰跟着汪哲一起出了小公寓楼，路上有来来往往的学生对他们投去了八卦、探究的目光。蒋少琰坦然自若，权当他们是空气；可汪哲被别人一打量，顿时别扭得手脚都不知道该往哪儿放。

蒋少琰在心里叹了一口气，道："你别怕，有什么事联系我。"

"学长，我不是怕，我是……"他说到一半又不说了。

蒋少琰拿他没办法，上课时间快到了，只能暂时安慰他几句，两人在转弯处分别朝各自的教学楼走去。

一整个上午，蒋少琰都有点心不在焉，老师讲的内容没听进去几个字，满脑子都是怎么让那只傻狗胆大点儿，最好再教教他怎么反击，否则总有些不放心。

蒋少琰思索再三后，借着书本的遮挡偷偷拿出了手机，在网页的搜索框里输入"如何锻炼男人的意志力"，结果搜出来的都是一些少儿不宜的建议。网友们可真能把"意志力"

这个正儿八经的词往歪处想。

蒋少琰只好把“男人”两个字删了，琢磨着怎样搜才不会带歪画风。半分钟后，蒋少琰重新搜索了关键字：如何锻炼儿子的意志力。

下午的体育课，操着一颗“长辈”心的蒋少琰怀揣着网友们的锦囊妙计来到了操场上，破天荒地没有去打球，而是站到了汪哲的班级旁边，从近处看他，心想：我先从培养他不再害羞开始。

汪哲班级队列里有几个女生很快就发现了蒋少琰，立刻交头接耳起来。没一会儿，汪哲班上一大片人都暗暗朝蒋少琰投去了好奇的目光。有个男生戳了戳站在前面的汪哲，汪哲疑惑地回头，然后朝着同学所指的方向看了眼。

汪哲惊喜地瞪大了眼睛。

碍于老师还在队伍前面说之后的期末体测安排，汪哲没有喊出声，可嘴角已经高高地扬了起来，笑得露出一口白牙，眼睛也弯弯的。

这时，汪哲旁边的一个男生碰了碰他的肩膀，凑过去在他耳边说了些什么。他微微低头，眼神仍时不时瞟过来。

蒋少琰横眉一竖，心想：这傻狗，是不是在听别人说我坏话呢？

汪哲听完那男生的话，看向蒋少琰的眼神更加不自然了。

蒋少琰的双手在身侧握成拳，想着一会儿该怎么教训汪哲。

偏不凑巧，有人在他一脸冰碴子的时候不怕死地过来了：“我们琰哥在看谁呢？噢，原来是那个弱爆了的学弟。”

刚走过来的姚意笑得花枝招展，语气却尖酸得刺耳。

蒋少琰连头都没转，斜眼瞥过去，眼神冷得让人心里发毛。突然，他咧嘴一笑，松开了垂在身侧的拳头，插进兜里，懒洋洋地一步步走到姚意面前，紧接着狠狠揪起对方的衣领。

“你找死呢？我太久没揍人，以为我脾气变好了，是不是？”

他笑得令人胆战，也不存在友爱同学之情，照着姚意的脸就要一拳揍下去，可目光不经意间瞥到某处，拳头瞬间僵在了半空中。

“学长！”汪哲的班级刚解散，他一回头就看见蒋少琰这边气氛不对，立刻冲过来阻止，可还没等他赶到，蒋少琰就自己停下了动作。

“学长，你没事吧？”汪哲上前一步挡在了蒋少琰前面，质问明显处境更不妙的姚意，“你想干什么？”

蒋少琰出了声，带着些许不可思议：“你终于可以跟邹锐混了？”

姚意虽然刚被揪过衣领，十分难受，但一听此言，立马嚣张地扬眉：“是啊！他觉得我比你强多了！”

蒋少琰沉默地看着姚意，自己以前怎么会瞎到觉得邹锐还不错呢？

“啧啧，这才几天呀。”他冷哼道，“多谢你替我解决了这个大麻烦。”

姚意却当他故作从容：“你说得还挺像这么回事儿，谁不知道你心里后悔死了。你得罪邹锐，跑去和一个这么弱的小学弟称兄道弟，脑子有……”

蒋少琰没给姚意把话说完的机会，直接把刚才没完成的举动落实了。

姚意被一拳砸得摔到地上，眼冒金星，捂着流血的鼻子，一脸惊愕：“你打我，你竟然敢打我！”

蒋少琰又朝他的肚子踹了一脚：“谁告诉你，我不敢揍你？只是以前没见过你这么欠揍的而已。”

其实蒋少琰收了点力，不然此刻姚意早就已经趴在地上不省人事了。刚才这两下姚意顶多疼一阵而已，过两天瘀青消了自然就好了。可姚意像受了天大的委屈，瘫坐在地上，硬是不肯起来了，提高了嗓门骂骂咧咧，引得周围人都聚了过来。

有人不知道情况，替姚意说话：“琰哥，你怎么连姚意也打啊？他又没惹你。”

又有人小声道：“就是，太过分了吧！”

蒋少琰脸色阴沉地扫视了周围一圈，不满的声音顿时消下去许多。他正欲开口，一旁的汪哲却先按捺不住了，喊道：“你们不知道情况瞎说什么？”他的情绪莫名激动，语气难得这么不客气，颇有几分气势，指着坐在地上撒泼的姚意道，“这个人不讲究在先，挑拨了学长和邹锐的关系，到底谁过分啊？”

他不说还好，一说蒋少琰头更大了，连忙捂住了他的嘴：“你也别瞎说，我和邹锐的关系从来都没有多好。”

明明跟我关系更好的是你，傻狗。可蒋少琰没说出来。

周围聚集的人有点多，他还是担心太高调会给汪哲带来麻烦。

但他说的确实是真心话。曾经他以为自己对邹锐有几分欣赏，现在看来，其实不过是对强者的刻板印象罢了。

他考虑邹锐，纯粹是因为对方体格不错，特质也够强，能帮他挡住那些挑衅报复的人，但并非不可替代。只是他那时候还没想明白，无论对方多强，如果不是真心待他，那就毫无用处。

直到遇到汪哲，他才体会到什么是真诚。

哪怕这个人当初被自己一眼否定，可他现在就是觉得汪哲一定能成为和他并肩前行的挚友，没有任何理由。

他这话说得斩钉截铁，可在旁人听来总有些此地无银三百两，毕竟大家之前都知道他跟邹锐走得近，而且以他凶悍的个性，怎么也不像会接受汪哲这种类型跟在身边，反倒是像在故意跟邹锐打擂台。

蒋少琰懒得跟那些围观群众解释，蹲下身，又一把攥住姚意的衣领。

姚意吓得一哆嗦："干……干吗？你还想打我？"

蒋少琰冷厉的眸子死死盯着他，压低了声音，凑近道："那天在楼道里泼油的是你吧？嗯？"

姚意顿时气虚了一截："怎么可能！"

"你最好别被我抓到证据，否则，汪哲伤了一只脚，我就打断你一条腿好了，我说到做到。"

蒋少琰语气平静，神情却相当骇人，威胁完还轻轻拍了拍姚意肿起的脸颊："他是我罩着的人，劝你别找死。"

最后两句他刻意提高了音量，边说边看向汪哲。他自以为暗示得已经十分明显，然而那傻狗还是呆愣愣的，表情有些出神。

该不会没听到吧？蒋少琰皱眉，又没有时机再说一遍，顿时烦躁，起身弹了一下汪哲的额头，说："你发什么呆？走了。"

汪哲十分听话，但神情仍有些恍惚，似乎在思考什么事情，脸色颇为沉重。

蒋少琰本来挺神气当众耀武扬威了一番，还难能可贵地用了那么直白的句子，结果汪哲一点反应都没有，还这副失魂落魄的样子。他越想越气闷，一路阴沉着脸在前面走，一直走到操场偏僻无人的角落，突然停了下来。

汪哲一时没注意，撞到了他的后背，急忙道歉："抱歉，学长。"

蒋少琰转过身瞪了他一眼："你想什么这么出神？听到我刚刚说的了没？"

"嗯，我听到了。"汪哲浅笑道，"'他是我罩的人'……我没想到学长会这么说。"

这话被汪哲念出来，蒋少琰莫名觉得挺不好意思的，讪讪道："我随口瞎扯的。"

"学长，我不求你罩着我，只要你允许我待在某个能仰望到你的角落就可以了，行吗？"

汪哲的语气很温柔，眼神却有些脆弱，角落旁的几棵梧桐树挡住了些许阳光，斑驳的光线投射在他的脸上，俊美得有些不真实。

蒋少琰突然道：“傻狗，你要不要跟我比划比划？我看看你身手怎么样，能不能保护我。”

他原本打定主意不会主动提起第二次的，毕竟好话不说两遍，可现在他又觉得再说一次也没什么。反正不管汪哲弱不弱，自己都认为他是朋友了，索性早点把这事儿说清楚。

他不信汪哲还会拒绝，可汪哲真的这么做了。

蒋少琰听到“不行”两个字时，还以为自己幻听了，瞪大了眼睛，不可思议地看着眼前的人——这个口口声声说着崇拜自己的人。

他彻底反应过来后，气恼和窘迫同时冲上大脑。自己好歹是一个有自尊心的人，也是要面子的，自己主动还被拒绝两次，他长这么大都没如此丢脸过。

“你……”蒋少琰磨着后槽牙，将面前高大的男生用力按在墙上，“我这次是认真的！”

汪哲用深邃的眼神凝视着面前的人：“学长，你真的希望我保护你吗？不后悔？”

蒋少琰快被他婆婆妈妈的样子烦死了：“后悔个屁！不就是一个答案吗，怎么从你嘴里说出来这么难。”他就想趁现在给汪哲练练胆，不然到时候真的要面对特殊情况了，这傻狗没胆子怎么办？

汪哲抿紧唇，眼神从他的脸上移开，眸色越发深：“那……等晚上回公寓再告诉学长吧，在这里有些话不方便说，我可能需要组织一下语言。学长你再考虑一下，不要冲动。”

这话倒是有几分道理，毕竟汪哲个性如此，一时半会儿估计也干脆不起来。蒋少琰想了想，便松了手，决定暂时先放他一马。

可他还是有些不甘心，板起脸教训道：“我就不喜欢你这点，都这么跟你说了，还怕什么？胆子大点。你知道为什么邹锐那垃圾没什么本事，还有那么多人想搭上他吗？就是气势够足，够不要脸。当然，你别跟他学，我只是说——”

“我不是邹锐，学长。”汪哲突然打断了蒋少琰的话，“我不可能成为他的，哪怕我比他强大，我也不可能成为他的，你知道吗，学长？”

蒋少琰头一次被他打断话，怔了一下。汪哲微低着头，蒋少琰看不清他眼里的情绪。

“我当然知道啊，你跟他有什么可比的？你们完全是一个天一个地好吗！”蒋少琰觉得莫名其妙。

汪哲垂在身侧的手微不可察地颤了颤，陷入沉默中。

此时，体育课下课铃响了，汪哲深吸一口气，抬起头迅速笑了笑：“学长，回去吧。”

蒋少琰觉得他的笑容好像不怎么自然，但又说不出个所以然来，只能先把话搁到一边，跟他一起走出了角落。

算了，等晚上到了宿舍后再好好“教育”一下这傻狗吧。

可到了晚上，蒋少琰班上的同学临时起意要去校外聚会，庆祝他们的节目在校庆表演中得了第一名。蒋少琰本想拒绝，好早点回去跟汪哲谈正事，可话还没说出口，他就收到了晓晓发来的信息。

晓晓：柳函说晚上你们班要聚会？你帮我看着他点儿，别让他喝多了。

蒋少琰看了眼一旁兴奋地叫嚷着不醉不归的柳函，头疼地按着脑门，回了个“好”字。

班委订的酒吧就在学校附近。冬天天黑得早，酒吧也营业得早，他们到酒吧的时候已经有不少人在里面了，一大半是熟悉的 T 大学生的身影。

蒋少琰不爱来这种地方，这儿鱼龙混杂，不稳定因素过多，这对有过敏症的他来说实在危险。但好在有二十多个同学陪着，只要他不喝酒，就应该出不了什么事。

蒋少琰寸步不离地跟着柳函走到吧台，给自己点了一杯果汁，计算着大概要等柳函喝到第几杯的时候把人带回去交给晓晓。

“哎，少琰，你真觉得汪哲不错啊？”柳函浅饮了一口鸡尾酒，又开始八卦。

蒋少琰面无表情地喝了一口橙汁，然后说：“请注意你接下来的措辞，要是你敢说他弱之类的，我们就友尽了。”

柳函一脸委屈：“这不是你当初说的吗，怎么现在你反倒威胁起我了？”

“只有我能损他，别人不行。”

柳函说不过这个双标的人：“好好，我本来也没觉得他弱啊。我不是加了他好友吗，看他跑步那么快，就问他怎么锻炼的。他挺热心，跟我讲解锻炼时要注意哪些肌肉，还给我发了些他自己的照片，那身材，啧啧，我羡慕到爆炸。”

蒋少琰皱眉道：“他给你发裸照？”

柳函：“我们两个人发裸照是有病吗？就上半身而已。”

蒋少琰：“你给我看看。”他还没见过汪哲脱了衣服的样子呢。

柳函调笑道：“你不是随时都能看到吗？”

蒋少琰白他一眼：“滚，你快给我看。”

柳函笑着掏出手机，打开聊天记录，翻了一会儿才找到那几张图。蒋少琰接过手机一看，脱口而出：“这是他在网上找的吧？”

图中汪哲没有露脸，掀起上身的T恤一直到领口，露出了整个赤裸的上半身。宽阔的肩膀和隆起的肱二头肌之下，是看起来相当硬实的胸肌和八块腹肌，精悍的腰身、性感的人鱼线……简直是犹如希腊雕塑般完美健硕的身材。他一只手指着身上的一处肌肉，大概是想给柳函讲解，另一只手则举着手机。

也就是说，他拍照时应该是用嘴巴咬着T恤？

柳函瞧了瞧照片：“不是啊，这背景不就是你们公寓吗？”

“我去，”蒋少琰有点不敢相信，“这傻狗身材这么好？”

柳函说：“所以我说他看着不弱啊，说不定人家只是隐藏实力呢，你别瞧不起他。”

蒋少琰说：“我哪有瞧不起他，我只是觉得他白长这么好的肌肉，外强中干。”

柳函四处张望了一下，然后凑过来小声说：“你不觉得他这身肌肉，看着就很能吓唬人吗？说不定你以后还得狐假虎威呢！”

蒋少琰愣了一秒，抬腿就把柳函踹下了吧台的高脚椅。柳函差点儿摔在地上，堪堪稳住身形后也不恼。他知道蒋少琰没真生气，又笑嘻嘻地坐回了原位。

“少琰啊，虽然别人都说你们相差太大，但我不觉得。你们名字一个带火，一个带水，多合适啊！”

蒋少琰不留情面道：“我可谢谢你了，哥。我从小只听过‘水火不容’，第一次听人说水跟火合适的。”

柳函被拆了台有些尴尬，为了掩饰自己没文化，拿起酒杯豪迈地将杯中酒一饮而尽：“来，少琰，干了你的果汁！”

蒋少琰说：“顶多五杯，否则我就告诉晓晓，你自己看着办吧。”

柳函：“……”

蒋少琰端着果汁离开了吧台，百无聊赖地坐到了沙发座位处，看同学们打牌、瞎聊。有几个酒量不行的已经喝醉了，抱着身旁的同学絮絮叨叨地倾诉心事，也不管人家愿不愿意倾听。

他突然灵感乍现，打开手机给汪哲发了一条信息。

蒋少琰：我在后街酒吧，你来吗？

果然不出他所料，汪哲急急忙忙地打来了电话。

“学长，你怎么去酒吧了？一个人吗？太危险了，快出来，我马上去找你。”

“还有好多同学呢，出来庆祝，我没喝酒，你别慌。”

汪哲听后稍微放心了些，语气还是很急：“我这就过去，等我，你不要乱动啊。”

“汪哲，你会喝酒吗？”蒋少琰突然问。

“我没喝过，不太会，怎么了？”

“没什么，那先挂了。”

“好。”

蒋少琰结束了通话，嘴角微微翘起。

这傻狗不会喝酒，太好了，一会儿灌他一两杯，或许能壮壮他的胆子，让他把平常不敢说的、不敢做的通通付诸行动，说不定自己能收获一个意想不到的汪哲。

蒋少琰越想越觉得这方法可行，不知不觉喝完了一杯果汁。酒吧里的人渐渐多了，空气变得有些闷，酒味越来越重，熏得人头疼。

他想出门透透气，还没走到门口，酒吧的门便被推开了，从外面走进来几个人。蒋少琰随意一瞥，脸色瞬间沉了下来。

邹锐带着姚意，跟几个朋友有说有笑地进来，一抬头看见他，一伙人都停住了脚步，气氛陷入僵局。

姚意见到他像老鼠见到猫一样，演技浮夸，颤抖着躲到邹锐背后：“琰哥，我不知道你在这儿，我错了，你别再打我了。”

这显然是姚意知道他在这儿，故意来演这一出的。这人为了让邹锐给自己报仇还真够用心的。

蒋少琰双手插着兜，懒懒散散地站着，看姚意如此表演，忍不住笑了：“那你跪下来求我啊，我这人心很软的。”

邹锐不悦地皱眉：“少琰，你别太过分，以前是我让着你，现在不一样了。”

邹锐的话仿佛在宣告“你失去了在我这里的特权”，透着一股高高在上的感觉。

蒋少琰觉得好笑：“让？您配说这话吗？”

正当两人僵持不下时，酒吧的门被推开了，这次进来的是急匆匆赶过来的汪哲。他脸上还带着焦急之色，目光寻到蒋少琰后，立刻笑了起来，可在看到对面的人后，笑容又凝固住了。

蒋少琰冲他招招手：“过来啊。”

汪哲走了过来，神情有些不安：“学长，你没事吧？”

“没事。”蒋少琰转头冲着邹锐不屑道，“麻烦你跟他学学‘让’字怎么写，再说话。”

邹锐冷哼道：“原来你要的不是靠山，而是一条听话的狗。”

“你说什么？”蒋少琰瞬间火大，当即撸起袖子要干架，却被汪哲拉住了。

“我是什么不重要，”汪哲拉住蒋少琰，把他拉到身后，制止他的冲动行为，“学长认可我就可以了。”

邹锐一脸鄙夷，上下打量他：“你以为他认可你？你不过是一条招之即来，挥之即去的狗而已，被利用了也不知道。反正你这么弱，他找到更合适的人选后，马上就会一脚把你踢开，你信不信？”

要不是汪哲拦住了蒋少琰，此刻蒋少琰可能跟邹锐拼个你死我活了。

汪哲倒是很平静："那又怎样呢？起码在学长找到更合适的人之前，我就是站在学长身边最近的那个人，而你可远得很。"他顿了一下，又说，"就算是当学长的狗腿子，我也没关系。"

蒋少琰心里一惊，满腔的怒火因这句话瞬间爆炸。

"你有病吧？他这么说你，你就认了？"他转身恶狠狠地瞪着汪哲，"谁给你的权利这么说自己？"

他最后这句几乎是吼出来的，惊动了酒吧里其他人。班上的同学原本离得比较远，听见异响也凑了过来。柳函扒开人群，看见这架势立马过来询问："少琰，要帮忙吗？"

"不用。"蒋少琰平复着因激动而变得剧烈的喘息，怒气烧得身体隐隐发热，手上一使劲，用力推开了汪哲。

汪哲这回没有用力制止他，甚至没有抵抗，被推得踉跄着往后退了一步，撞在酒吧桌椅上。桌上的酒瓶落在地上，摔成无数碎片，声音刺耳。

汪哲的神情很忧伤："学长。"

蒋少琰心里有气，说话也冲："说得好像我虐待你似的，你要是不开心就滚，我才不在乎！"说完，他也不再看汪哲和众人的脸色，暴躁地摔门而出。

蒋少琰一个人回了学校，脸色阴沉，路上的人见了都退避三舍。他一进公寓门，就踹翻了放杂物的架子，东西乒乒乓乓散落了一地，脱了外套泄愤般狠狠摔在地上，等周遭都静下来了，又觉得自己的举动实在幼稚。

他的身体莫名有些热，或许是刚刚吹了冷风的关系。蒋少琰一脸烦躁，把毛衣也脱了，扯开衬衣领子，才觉得舒服些。可没一会儿那不适感又升了上来，是过敏症发作的前兆！

可他此刻根本懒得理会自己身体的异常，满心怒气。

他气邹锐，气汪哲，但最气的还是自己，不仅没本事让人变强，还对着对方乱发脾气。他都想揍自己了。

他分明非常顾及汪哲的心情，听见对方说出那样的话，心里很不是滋味，一时没控制住情绪，说了伤人的气话。

其实他压根不指望汪哲能变得多强大，就想让汪哲有勇气、有信心和自己并肩，不要总觉得低人一等。

他也知道自己脾气不好，不比其他人细心，但自己已经有明显行动了，为什么汪哲还是这个样子？难道他的行动还不足以表达他的想法吗？自己给他机会、给他面子，什么都好说，只要他开口要。可汪哲不仅不要，还不断退缩，这能不生气吗？

“咚咚”，房间门突然被敲了两下，紧接着，外面响起了汪哲小心翼翼的声音：“学长，我可以进来吗？”

蒋少琰仍憋着怒气，没有说话。

门外的汪哲说着话：“学长，对不起，我不是那个意思……被你认可我很开心，虽然有时候也会难过。”

蒋少琰原本看到他回来找自己，气消了些，可一听最后这句顿时又火冒三丈：“那你滚啊！找让你开心的人去！”

——我都这样了，你还不开心吗？我让你站在我身边，说你是我罩着的人，一点都没瞒着别人，还在别人面前给你撑腰……我到底还能怎么做？

门外安静了许久。

躁动不安的情绪在心里蔓延，气恼、难受得头疼，身体里的不适窜动横行，撞散了原有的力气，让他四肢虚弱。

房间门明明没有锁，一推就能推开，可汪哲就是不进来。

蒋少琰干脆破罐子破摔，朝门外大吼："你不进来，就永远别进来了！"

汪哲总能把他的话理解成相反的意思，真的待在门外没有动作，一时间房间里外静谧得落针可闻。

"学长，"大概过了十分钟，汪哲终于说话了，声音似乎有些发颤，"你不要赶我走好不好？学长，我很乖的。"

蒋少琰怔住了。

他们第一天在公寓见面时，汪哲被拒后，也说过这句话。

——你不要赶我走好不好？我很乖的。

到底是不忍心、内疚占了上风，他不顾身体虚软，迅速冲到了门口。

他一开门，就看到汪哲直挺挺地站在门口，神情可怜又伤心，眼里那抹绿暗淡得几乎看不见了。明明他的身形如此高大，却仿佛被人轻轻一推就会立刻摔得粉身碎骨。

蒋少琰眼眶发红，瞪了他几秒，猛地抓起他的手臂将他拽进公寓，把人狠狠一推。汪哲跌坐到一边，还没反应过来，蒋少琰气势汹汹地道："我最后说一次，要么回答我'好'，要么滚。”

他此时什么都顾不上了，也什么都不想去计较了，只是盯着汪哲。

汪哲瞬间话都说不利索：“学长，你……”

“我觉得你可以，你就是可以。你有资格和我并肩站在一起，你听懂了没有？”

第八章 计划

Shao Shuo Ji Ju

蒋少琰尽力维持面上的凶狠，死死盯着汪哲，等着他的回答。

汪哲不明白刚刚还在生气的蒋少琰怎么突然态度一百八十度大转弯了，他缓了半天才回神，渐渐搞懂了现在的状况。

他不敢问蒋少琰是不是还有别的想法，是不是只是暂时逗自己玩儿，甚至不敢问对方到底是怎么评价自己的。

他怕听到令人心碎的答案，怕蒋少琰说“我只是最近需要你而已，怎么可能真的让你帮我扛事”。

毕竟，蒋少琰欣赏的从来就不是他这种类型的人。

要是真欣赏的话，在舞会那天晚上，蒋少琰就该对他说了。

“你听懂了就快点回答。”蒋少琰不耐烦地催促。

在蒋少琰遇到真正能和他并肩前行，分担一切压力的人之前，就让他不自量力地占着这个位置吧，要是以后也没有符合条件的人出现，那就更好了。

“好。”汪哲浅浅地笑了笑。

蒋少琰得了答复，又觉得刚刚自己好像是有点儿过分，怎么也不该让傻狗滚出去找别人。他这么听话，万一真的去找别人怎么办？

而且设身处地想一下，换作是汪哲对自己说这话，自己肯定也不好受。他大概真的让汪哲伤心难过了。

蒋少琰越想越内疚，他心思不细腻，也不擅长安慰人，或许在自己没意识到的时候确实伤过汪哲很多次吧，所以汪哲才会那么说。

一想到这儿，蒋少琰难得主动认错：“对不起，刚刚我太冲动了。其实我没想凶你，也没想让你走。你别难过，也别生我的气，好不好？”

汪哲没说话，轻轻拍了拍他的后背，算是答应了。

“我就是希望你再自信点儿。”蒋少琰叹了口气，“你知不知道我有多担心你会给我负面的回复？”

汪哲的反应相当明显，他一下绷紧了放在蒋少琰身后的手臂，肌肉隆起中蕴藏着的强悍力量似乎与往日都有些不同：“嗯……我不会让学长失望的。”

两人谈完话，蒋少琰吃了过敏药后，看到小房间里汪哲把自己裹在被子里，缩在床上，连脑袋都不露出来。

蒋少琰上前踹了他一脚：“喂，出来，你干吗呢？”

汪哲闷闷的声音从被子里传来：“我现在不能看到学长。”

蒋少琰失笑道：“那我就给你练练胆。”

蒋少琰作势捏了捏拳头，要靠过去，汪哲慌得直往墙角退，几乎贴到墙壁上。

“你有完没完了？你是我的朋友，你要习惯我这样。”蒋少琰冷着脸，“放轻松点。”

汪哲只好耷拉着脑袋，慢慢回到原位，过了一会儿，他轻轻地说：“学长，我觉得现在很好。”

蒋少琰心里一暖，面上仍维持着威严：“那我要是下次还犯冲动，对你那么凶，你还会这么觉得吗？”

“当然。”汪哲点了点头，“你一点都不凶啊，比起以前那些凶我的人，这根本不算什么。”

蒋少琰立刻想起第一次相遇时，汪哲曾被两个高年级男生欺负的事。

“你以前经常被欺负吗？那些人叫什么名字？住在哪儿？”自己有必要去会一会他们了。

汪哲低低地笑了一声：“没事的，都过去了。我刚回国，年纪小，确实被人欺负过两三次。我那时想和同学处好关系，不想让人觉得我打架生事，就没反抗，正好被你撞见了一次。后来就没有了，他们顶多口头说说我而已。”

蒋少琰理所当然地认为汪哲是因为太弱才被嘲笑，愤愤不平道：“他们干吗说你？你没做错什么啊，体质是天生的，又没办法。”

“嗯，确实是没办法。不过就算我打不过，他们也不能拿我怎么样。”汪哲挠了挠鼻子，“其实就是一些人看不惯我而已，其他同学对我挺好的。”

“早知道当时就该把他们揍服了。”蒋少琰心疼地说。

一连好几晚，蒋少琰都在给汪哲练胆。

他和汪哲和好的事没几个人察觉到，一来汪哲还是那副样子，不仔细观察根本不会察觉；二来，也没几个人敢来问蒋少琰。

“你有点不对劲啊。”

第一个发现的是柳函，他八卦地凑到蒋少琰身边，下一秒他的手就被蒋少琰用手肘顶开了。

“哎哟，跟你‘水火不容’的那位终于握手言和了？”

他说得大声，周围几个同学都看了过来。蒋少琰“啪”地捂住他的嘴，吓得同学们连忙转过头，假装无事发生。

“水火不容个屁！你有没有文化？我们的名字明明都带‘王’，是强强联手。”蒋少琰压低声音凶狠道。

柳函心想：“水火不容”不是你说的吗，朋友？

再次背锅的柳函“嗯嗯”了半天才被放过，嘴巴被刚刚那一下打得还有些麻，他郁闷地揉了揉：“你不是不在乎别人怎么想吗，刚刚干吗阻止我啊？”

蒋少琰皱眉道：“我是无所谓，但他好像还是很没自信，就先别让人知道了，免得给他压力。”

柳函嘴角抽搐：“你想多了吧？他以前还问过我，怎么才够资格成为能和你并肩前行的人。”

蒋少琰一愣：“他来问过你？什么时候？你怎么回答的？”

柳函耸耸肩："很久以前了，大概我们刚认识那会儿。我就实话实说呗，说你介意他太弱，要是能改变这点的话或许有机会。"

蒋少琰听后点点头，要是汪哲直接来问自己，自己当时估计也会给出相同的回答。这个问题直到现在仍是他心里最担忧的事，可他暂时也想不出解决方法，只能走一步算一步了。

"那傻狗怎么说？"他很好奇汪哲的态度，想知道汪哲是否因为这件事而没自信。

柳函回忆了一下："他倒好像不怎么在意这个，问我'抛开这点来说，学长有可能容忍我这样性格的人吗'？"

蒋少琰有些意外，汪哲居然更在意性格？虽然汪哲性格稍微弱了点，但凭他高大英俊的外表和温柔体贴的性格，哪怕体质只是一般水准，也一定会很受欢迎。

"然后呢，你跟他说了什么？"蒋少琰接着问。

"我还能说啥啊，就说你不太会拿正眼看他这种性格的，还鼓励他可以跟邹锐学学气概，你比较欣赏那款的。"

"行啊，原来是你从中作梗。"蒋少琰捏紧了拳头。

柳函觉得冤枉："我说的都是实话啊，总不能骗小学弟吧？我哪儿知道你们现在关系这么好！"

蒋少琰知道柳函说的话没毛病，那时自己确实对汪哲毫不在意，不管汪哲跟他说多少次，可能都是一样的结果。可现在情况不一样了，难道汪哲还在意以前被他拒绝的事，留下心理阴影了？

按傻狗这脆弱的小心灵来看，或许真有可能。

晚上，蒋少琰怀揣着心事回到公寓，结果一进门就闻到了一股香味。

“什么味道？”

汪哲看见他，慌慌张张地站起来，递过来一个礼盒：“学长，这是今天我去店里给你买的，不知道你喜不喜欢。”

蒋少琰看了一下礼盒包装上的文字，是一瓶品牌香水。这牌子的香水应该挺贵，市中心大商场才有专卖店，估计是汪哲下了课特意抽时间去买的。虽然他不怎么喜欢用香水，甚至觉得有些不符合个人气质，不过念在对方一番心意的分上，还是收了过来。

“谢了。你喜欢什么？我回个礼。”蒋少琰随口道。

汪哲摆摆手：“我不用。学长你拆开试一下吧，不喜欢的话，我再去买其他的。”

“你送的我当然喜欢。”蒋少琰笑了笑，带着几分痞气，“其实没必要，送这个不如你多给我按几次摩。”

“学长，你又开我玩笑。”汪哲红着脸，“我查过你过敏药的成分，这款香水也含有那种成分，你下次再遇到特殊情况的话，可以试着用香水抵抗一下，应该可以缓解过敏症状。”

蒋少琰拆包装的手顿住：“什么意思？”

汪哲支支吾吾道：“我怕学长你在外面突然……那样会有危险。”

蒋少琰一脸奇怪：“不会啊，不是还有你吗。”

汪哲的神色似乎有些踌躇，他张了张嘴，最终只轻轻“嗯”

了一声。

晚上熄灯前，蒋少琰原本还想和汪哲谈谈，可转念一想，下星期就是期末考试周了。

汪哲大一课程多，这两天都看书看到挺晚，而自己要应付的考试科目比较少，总是先上床休息。汪哲一看到他躺下就不复习，也上床休息了，一晚上都侧睡着，也不知道有没有睡好。

于是他制止了准备关灯的汪哲：“你不用陪我说话了，今晚我先睡，你好好复习。”

汪哲忙说：“我不要紧的。”

“听话，我觉得最近有点没睡够。”他知道这样说的话，汪哲一定不会再坚持。

果然，汪哲一听他这么说，立刻点头同意了。

经过这几天，突然要早睡还真有点不习惯。

蒋少琰躺在床上刷着手机，没到十二点就困了，迷迷糊糊中感觉公寓大灯到点熄了。汪哲把书桌上的台灯调暗了一些，那微弱的灯光在蒋少琰眼中越来越小，直到他彻底陷入了梦中。

第二天一大早，汪哲像往常一样先醒，轻声洗漱完，去操场晨跑了几圈，顺道买了早饭回来。眼看快到上课时间了，蒋少琰还没醒，他只能狠心叫蒋少琰起床。

“学长，起床啦，你要迟到了。”

蒋少琰起床气很大，这会儿皱着眉半睁开眼正要看看是哪个狗胆包天的敢吵人睡觉，一看是那傻狗，到嘴的脏话又咽了回去。

其实他平时都不赖床的，到时间了总能自然醒，不需要人喊，可昨晚他睡到一半突然醒了，之后就心绪难平，闭上眼脑子里乱七八糟的，直到快天亮才迷迷糊糊睡过去，只睡了两三个小时，眼圈都有些黑。

“哦，我知道了。”蒋少琰不自然地移开视线，坐起身来。

“学长，你没事吧？”汪哲见他面色不太对劲，以为是身体不舒服，手伸过去想抚上他的额头量体温，才刚触碰到就被他挡住了。

“我没事，你……你的手太凉了。”

汪哲怔了怔，看着自己的手。严冬的早上，寒风格外凛冽，他刚刚出去买早饭回来，身上仍带着外面的寒气，指尖还冻着。

“抱歉，我没注意……你没事就好，先吃点早饭吧。”

蒋少琰正想说“好”，一看手机上的时间，离上课只剩十分钟了，立马从床上跳起来：“你吃吧，我要迟到了。”

这节课的教授是他姑妈的好姐妹，受沈咏梅之托，她盯人盯得格外紧，每节课都要提问他好几次。他要是迟到，估计下了课就要被自己姑妈抓去审问。

蒋少琰胡乱套上衣服冲进洗漱间，汪哲还跟在后面劝他吃早饭。他刷着牙应和了几句，待出来时，汪哲已经把一份早餐装了袋，让他带去教室，而杯装牛奶拿起来不方便，蒋少琰直接就着汪哲的手低头喝了几口。

“学长，你这里沾到了牛奶。”汪哲指了指蒋少琰唇周的一点牛奶渍，蒋少琰一见他靠近，下意识地把脸一转，躲开了他的手。

汪哲顿住了。

“我先走了。”蒋少琰不敢再看他，打开公寓门冲了出去。

该死，自己是被傻狗传染了吗，怎么也变得这么尿了？

好在“琰哥”毕竟是“琰哥”，心理素质过硬，到了中午，内心基本恢复了以往的淡定。蒋少琰虽然上课没迟到，但还是被自己姑妈喊到了办公室。

“少琰啊，我听说你跟那个叫邹锐的闹翻了，改跟你室友走得近了？”沈咏梅一脸关切。

“姑妈，你怎么连这个都知道？”

“呵呵，我偶尔也会看看我们学校的论坛。”

蒋少琰很无语，不知道T大学子们要是知道教务主任在监视着论坛，会作何感想。

他一脸坦然道：“是啊。”

“你这孩子啊，”沈咏梅叹气，“你是真和他意气相投，还是在赌气？我听别人说，他能力好像根本达不到你欣赏的标准。”

蒋少琰笑了：“您听别人瞎说些什么，人总是会变的，我的想法已经被他改变了。”

沈咏梅看他的神情不像在开玩笑，稍稍松了一口气，意有所指道：“马上要放寒假了，万一你的过敏症又发作，你准备怎么办？”

蒋少琰还没考虑过这件事，听姑妈这么一提，这才思量了起来，嘴上却说："我自有安排，您就别操心了。"

沈咏梅一脸"孩子终于长大了"的感伤表情，蒋少琰十分受不了，赶紧告退。

下午上课时，蒋少琰还在想这个问题，寒假长达一个月，自己的过敏症在冬天百分之百会发作，从各种方面考虑，这段时间内自己都应该跟汪哲待在一起。

可那傻狗会答应吗？

蒋少琰用手肘推了推一旁的柳函，压低声音问："喂，如果晓晓约你寒假一起玩，你会不会答应？"

柳函嘿嘿一笑："哪怕晓晓不约我，我也会死皮赖脸和晓晓待一块儿的。"

蒋少琰决定结束跟这个不要脸的人的对话，转而又推了推另一边的罗永恒，让他出主意。

认真听课中的罗永恒一脸茫然，听完他的话感到生无可恋，却还得帮着出主意："我觉得可以找点借口吧，别让他知道你的真实目的。另外，你下手别太粗暴，怜惜下他那朵娇花。"

"什么乱七八糟的。"

罗永恒越说越远，蒋少琰懒得去听他后面的话，但找借口这个方法倒是可行。

只是自己找什么借口呢？

晚上他回到公寓，汪哲正在打电话。他看见蒋少琰回来了，笑了笑，然后继续对电话那头的人说着什么，陌生的外语中掺杂着母语。蒋少琰想起他说过他的家人在D国，那或许是

D语吧。

五分钟后，汪哲结束了通话，蒋少琰随口问了句："你家里人？"

"嗯，我跟他们说今年寒假不去D国陪他们了。"

蒋少琰心里一动："你为什么不去？"

汪哲眼神闪躲："我想学长可能会需要我。"

蒋少琰嘴角微翘。这傻狗真不错，为了他特意留在国内。

他心情甚好，故作关切道："那你一个人在家不会很无聊吗？"

——你快说无聊啊，快说要跟我待在一起啊！

汪哲挠了挠头："还好吧，我妈刚刚说我表哥寒假会来我家住几天。他要回国内工作，租的房子还没搬好。"

蒋少琰嘴角一抽："你表哥？"

汪哲浑然不觉，还笑道："是啊。我表哥很厉害的，就比我大五岁，刚毕业没多久，已经自己开公司了。"

蒋少琰深吸一口气，压下暴躁的情绪："他不找对象玩吗，干吗住你家？"

"他没有对象。虽然追他的人挺多的，可他眼界很高，一般人他看不上。"汪哲突然住了嘴。

蒋少琰没察觉他的异样，还在想着怎么把这个碍事的表哥赶出去住，否则汪哲肯定得在家招待他，那自己怎么找机会锻炼他的胆量和气概？

"你们两个人住会不会太挤了？"这种白痴问题问出来，蒋少琰自己都嫌丢脸。

汪哲觉得莫名其妙："不会啊，我们家挺大的，三层楼，多他一个不多。"

多他一个不多。蒋少琰脑中灵感乍现："那再多我一个，也不多吧？"

既然汪哲不过来，那自己就过去呗，反正那个表哥只住几天。

蒋少琰简直想为自己的机智鼓掌。

汪哲一愣："学长，你要住过来？为什么啊？"

蒋少琰见他傻得没眼看，真想揪起他的领子大吼"还能为什么"，可蒋少琰记起来罗永恒说的话，对待他不能太粗暴，得找借口。

于是他装作无害地笑了笑："正好我家也没人，一个人待着无聊，来找你玩呗，还可以见见你家人。"

汪哲怔了怔，表情没蒋少琰预想的那么开心，反而有些低落，小声嘟囔："可我不想让你见。"

蒋少琰没听清："啊？"

"学长，你想见我表哥吗？"

蒋少琰点点头："想啊，好歹是你家里人。"

汪哲抿了抿唇，眼底有些黯淡："好。"

蒋少琰搞不懂他失落个什么劲儿，伸手揉了揉他的脑袋："乖。"

为了让傻狗看看自己的决心，蒋少琰洗漱完后，又特意当着他的面开着免提给蒋父打了一个电话："爸，下个月你出差吗？"

蒋父慈爱地说："本来有的，我准备拒绝了。平时爸爸太忙了，没时间陪你，寒假当然要留给我家宝贝。"

"别拒绝了，您去吧，我寒假去同学家住，就不回去了。"

"……啊？"

随后蒋少琰关了免提，听着他爸在电话那头半真半假地哭喊了半小时，痛诉这个没良心的"不肖"子孙。

这种对话就不需要让汪哲听到了。

蒋少琰心不在焉地安抚着他爸，朝汪哲那儿看了一眼。汪哲正背对着自己，坐在书桌前复习，可一页纸看了半天都没翻过去，显然是在出神。

蒋少琰得意地扬起了嘴角。

——这傻狗肯定在感动呢。

第九章 寒假

Shao Shuo Ji Ju

繁忙又紧张的期末考试周似乎很漫长，又似乎一眨眼就过去了。

最后一天考试的时候，下了一场大雪，T大的常青树都被白雪遮得严严实实的，校园里一片银装素裹。等到最后一门考试考完，汪哲走出教学楼，瞧见外边难得一见的素丽雪景，把挡住脸的围巾往下拉了拉，驻足欣赏了一会儿。

这条围巾是出门前蒋少琰提醒他围上的，他将它又围紧了些，呵出一团白气，融入纷飞的雪花中。

蒋少琰要考的学科比他少，昨天就已经考完了，这会儿估计正在公寓里打着游戏等他回去呢。下午，他们就要出发去他家过寒假了。一想到这儿，他便迫不及待地往回走。

校园里的小路上积了厚厚一层雪，一脚踏下去就是一个清晰的印子。汪哲心中一动，停下脚步蹲了下来，拢起几团雪，想做一个小雪人带回去给蒋少琰看看。

“哟，瞧瞧这谁啊！”

耳旁突然传来一道戏谑的声音，他抬头望去，动作顿时定格了。

刚拐到小路上的邹锐插兜立在原地，居高临下地睨着他，身旁还有两个高大的男生，见状也停了下来。

“怎么一个人呢？利用完了，你学长把你当垃圾扔了？”邹锐笑得嚣张，又朝旁边的同伴道，“我就说了吧，蒋少琰之前那样就是死要面子。”

汪哲放下了雪团，缓缓起身：“被扔的垃圾不是你吗？”

他褐绿的眼眸罕见地变深了，面容显得有些冷峻。

“你上一次那么对学长，准备什么时候去道歉？”

邹锐笑容一僵。面前比他还高大一些的学弟竟有几分强势的威慑感压迫而来，让他心下一震。不过他很快想起汪哲弱得很，纯属虚张声势罢了，自己轻易就能压制住对方。

“你学长都没说什么，你有什么资格对我指手画脚？”

“我是离学长最近的朋友。”汪哲沉声道，“我有资格要求你道歉。”

邹锐像听见了天大的笑话，哈哈大笑，对这理由嗤之以鼻：“这会儿你又改口了？之前不是说要当狗腿子吗？我不道歉，你又能拿我怎样？”

汪哲道：“虽然学长可能会生气，但如果你不答应道歉，我今天不会放你走的。”

这意思很明显是要干上一架了。

这下连另外两个男生都笑了：“小学弟，你这是找虐啊。”

邹锐更是嚣张到不屑：“别说你了，蒋少琰都打不过我。

我劝你别不自量力，以免输得太难看。蒋少琰那边我就不跟你计较了。”他顿了顿，眼里透出肆意的嘲弄，补了一句，“不过要是你太没用，让你学长厌烦了，到时候你学长又来找我，你可别怪我。”

一行三人哄笑不止。

汪哲深吸一口气，手背上青筋暴起，扯下围巾往雪地上一扔。

蒋少琰在公寓里打了半天游戏，一看时间，都快十二点了，汪哲还没回来。他因为考试把手机放公寓了，没带在身上，联系不到人，蒋少琰只好自己套上了衣服，准备去教学楼找他一起吃午饭。

结果蒋少琰刚出小公寓楼，就被砸了一脸雪。

晓晓站在远处大笑，躲到柳函身后探出半个脑袋：“琰哥要揍我啦！快救我！”

蒋少琰觉得好笑，用地上的积雪揉了一个大雪球，一副凶神恶煞的表情：“这就让你们俩整整齐齐的。”

考试完一身轻松的学生们的玩心都被这场大雪勾了起来，路上随处可见打打闹闹的同伴。蒋少琰跟柳函、晓晓三个人一路闹了大半个校园，半道上遇上罗永恒、许倩和其他同学，他们也加入进来。一伙人都玩疯了，身上、头发上都沾着星星点点的雪，浑然不觉得冷。

蒋少琰刚被晓晓灌了一脖子的雪，冻得一颤，赶紧拉开外套抖了抖，正欲回击，突然手机振了起来。

他扬起拳头，威胁似的朝晓晓晃了晃，笑着接起姑妈打来的电话：“喂，姑妈，什么事？”

“你快来教务处一趟，你室友跟邹锐打架了，正在这儿挨校长训呢！”沈咏梅焦急道。

蒋少琰笑容一凝，迅速朝柳函他们摆摆手道别，顾不上解释就往教学楼赶，继续问：“怎么回事？”

沈咏梅道：“你先来再说吧！”

蒋少琰以百米冲刺的速度奔跑，两分钟就跑到了教务处，一路寒风拂在脸上，生疼。当他喘着气推开教务处办公室的门时，看到汪哲正背对着门站着，身上衣服有几处破了，沾着积雪和尘土，灰白一片，甚是狼狈。

蒋少琰瞳孔一缩，冲过去拉着他的胳膊，让他面向自己。

汪哲嘴角青了一块，还破了皮，已经擦了药水，青红一片，显得有些滑稽。他见了蒋少琰，惴惴不安地喊了声：“学长。”

“你刚刚还硬气得要命，怎么这会儿见了人就像老鼠见了猫似的？”

蒋少琰朝说话的人看了一眼，是一位年事已高，但依旧精神奕奕的长辈。虽然蒋少琰见他的次数不多，但立刻认出了这是他们T大的校长，汪哲的伯伯。

“校长，您好。”蒋少琰礼貌地鞠了个躬。怎么说这也是汪哲的家人，自己客气点总是没错的。

沈咏梅站在旁边，不可思议地看着乖巧礼貌得像一个优等生一样的自家侄子：“我第一次知道这孩子还会鞠躬。”

蒋少琰没心情开玩笑，皱眉问汪哲：“你干什么了？”

汪哲巴巴地看着他，眼神闪烁，像是不敢开口。

校长替他说了："他跟一个叫邹锐的学生起了争执，把人打了。"

蒋少琰转头直接问校长："邹锐人呢？严重吗？"

汪哲的手臂似乎颤了颤。

蒋少琰心一凉，别是打残了吧？虽说汪哲有当校长的伯伯撑腰，应该不至于被退学，但万一对方家长来闹……

校长哼了一声，道："邹锐被送去医院了，还好只是皮外伤，没骨折。"

"那就好。"蒋少琰松了一口气，又板起脸教训汪哲，"你厉害啊，还学会打架了？"

说到这儿，他突然意识到哪里怪怪的。邹锐被打进了医院，而汪哲只是嘴角擦破一块皮，怎么感觉结果应该是反过来才对呀？

汪哲很老实地站在原地任人训着，神情怯怯的，像怕惹他更生气，小心翼翼地说道："对不起，学长，我知道错了，我不该动手的。"

校长好气又好笑，对蒋少琰说："他刚刚硬是不肯认错，你一来立马服软了。我这个伯伯说话果然不如你管用啊。"

蒋少琰脸色微变："校长您说笑了，他跟邹锐本来就不和，估计是邹锐先挑衅的，您就别怪他了。"

校长道："要是就他俩还好说，两边都罚一下就息事宁人了。可他太能耐了，一下把三个都揍进了医院，家长怕是要来我这儿闹了。"

蒋少琰呆住了："三个？"

“是啊。”校长随即报了另外两个学生的名字。两人都是篮球队的，虽然不如邹锐，但也是学校里有些名气的体育生，一个个身强体壮、人高马大，经常结伴同行。汪哲估计是碰巧遇着了。

汪哲居然一下揍趴了三个，还只受了这点伤？蒋少琰难以置信地看向汪哲。邹锐一个人，自己都不一定打得过，要是汪哲真能干翻三个，那武力值岂不是远在自己之上？

汪哲忍气吞声了半晌，还是气不过：“那是他们说话太过分了。”

校长着急道：“那你倒是说啊！我问了你半天都不说，让我怎么帮你向他们家长解释？”

汪哲又闭起了嘴，看了眼蒋少琰，沉默着把头低了下去。

蒋少琰大约能猜到邹锐说了些什么欠揍的话，反正肯定是关于自己的，所以汪哲才不肯说，不想让自己听见那些过分的话。

他道：“没事，就算家长要闹，他们也不会让家里人闹的。”

校长和沈咏梅都疑惑了：“你怎么知道？”

蒋少琰可谓经验丰富：“我太了解那些人的想法了，一对三还被人揍进了医院，还是被汪哲这样的……呵，总之他们很要面子的，绝对不想把事情传得尽人皆知。”

沈咏梅对这方面深有体会，她帮蒋少琰处理了不知道多少次烂摊子，每次哪怕家长要闹，那些被揍的人都会拉住自己家长不让闹。

沈咏梅说：“我觉得少琰说得有道理，咱们先别急，看看后续再说吧。”

校长信任沈咏梅，见她也这么说，只能先暂时把这事搁一边，头疼地朝两人挥挥手：“那行，这位同学你帮我好好说说他，他就听你的话。你们先走吧，之后有事再通知你们。”

蒋少琰和汪哲谢过校长和教务主任，一起走出了办公室。

“我真没想到你也会打架，还这么厉害。”蒋少琰出了门，就带着汪哲往公寓走。其实蒋少琰没怎么生气，要说生气也是因为他把自己搞伤了。至于邹锐等人挨揍这部分，可以说是大快人心了。

汪哲却以为他在反讽，不安地开口：“学长，你还在生气吗？”

蒋少琰故作严肃：“当然。你给我听话点，不准再打架了。”

“嗯，好。”汪哲应了声，乖巧地跟着蒋少琰往前走。他的外套破了几道口子，估计是打架时扯破的，已经毫无保暖作用，寒风一吹，冷意直接钻进里面的毛衣，凉飕飕的。

可他手上抓着的围巾倒是干干净净，只沾上了一点点雪。

蒋少琰回头看见这情形，立刻把自己的外套脱了，披他身上，可由于体型差距，他穿不进，只能搭在肩头。

“学长，我没事，你穿着吧，会着凉的。”汪哲急忙想把外套拿下来。

路上来来往往的学生不少，有些人本就注意着他们这边，看汪哲模样狼狈，估计有八卦可挖，甚至有人拿出了手机偷拍，却恰好拍到蒋少琰的举动，惊得手机都差点儿摔了。

这个人，真的是T大令人闻风丧胆的校霸琰哥吗？

蒋少琰替他把外套裹紧："你发什么呆，冻死我了，快回去。"

他拍了拍汪哲的肩，不顾周围人的目光和议论，带着人大步向前走。

蒋少琰好像有点明白了，傻狗只在自己面前示弱而已，其实强得很，根本不需要担心别人欺负他，自己倒是低估他了。

所以以后自己爱怎么样就怎么样，还担心个球啊！

两人吃完饭回了公寓，收拾了一番东西，就按原定计划出发去汪哲家过寒假。蒋少琰一边说生气，一边又扬起嘴角愉悦地哼着歌。汪哲实在捉摸不透他的心情，只能尽量少说少错。

虽然两人的行李不多，但外边雪渐渐下大了，汪哲担心他着凉，出校门口便叫了一辆车，直接坐车回家。

一个小时后，出租车停在了市中心一个闹中取静的别墅区。下了车，蒋少琰看着面前的欧式建筑，不禁吹了声口哨："有钱啊，真漂亮。"

汪哲取出后备厢里的行李，听到这话不好意思了："学长喜欢就好，我家里其实没什么好玩的。"

蒋少琰觉得好笑："傻狗。"他还真当自己是来玩的。

他走进房子，里面的装修设计以欧式为主，看来汪哲的家人偏爱西式文化。蒋少琰把这点默默记心里了，想着以后送礼能投其所好。

等到他们把行李箱里的东西整理完，已经将近五点了。

汪哲家里的冰箱空空如也，他便问蒋少琰要不要出去吃，或者点外卖。

蒋少琰想了想，说："这附近有超市吗？我们自己买回来做吧。"

汪哲犯了难："可我只会做几样菜，水平也不高，怕你不喜欢吃。"

"没事，我来。"蒋少琰说。他小时候，他爸经常出差，因此他的生活技能还算熟练，普通的家常菜基本会做。

汪哲显然有点意外："学长，你会做菜？"

蒋少琰挑眉："你不信？一会儿我让你见识见识。"

"学长太厉害了，什么都会。"汪哲一脸崇拜。

话都放出去了，蒋少琰打定主意要好好露一手。这一学期自己受了汪哲太多照顾，吃了不知道多少次他带回来的早饭和夜宵，是时候报答一下了。

在市区购物相当方便，走出小区没几步就是一个大商场，底层就有一家大型超市。蒋少琰和汪哲推了一辆购物车，穿行至蔬菜生鲜区。汪哲没怎么来过这种地方，像一个好奇宝宝似的左看看，右瞧瞧，对什么都感到新奇。

蒋少琰笑他："大少爷，你想吃什么？"

汪哲："你做的我都喜欢。"

两人慢慢悠悠地逛了一个多小时的超市，购物车里堆得满满当当，不仅有做饭用的食材、配料，还放了许多零食和日用品。毕竟要住近一个月，多买点囤着有备无患，就不用大冷天时常跑出来了。

回去的路上，汪哲抢着拎沉重的大袋子，只让蒋少琰拿了一袋分量很轻的蔬菜。回到家，两人利落地把菜洗了，汪哲在一旁负责打下手，蒋少琰则负责掌勺。

时间不早了，也做不了太费工夫的菜，只能做点家常小炒。蒋少琰把油加热，拿起汪哲切好的肉片和木耳一口气倒了进去，锅子里顿时嗞嗞作响。他大刀阔斧，握着锅铲翻炒了起来，动作一大，挽起的袖子就渐渐滑下来了。

“你帮我把袖子挽上去。”他目不斜视道。

汪哲立刻洗了洗手，胡乱在自己身上擦了擦，站到他背后，仔细地把袖子一截截翻上去。

蒋少琰迅速地炒完了一个菜，装盘时发现汪哲还站在身后，问：“怎么了？”

汪哲轻轻地说：“能跟学长这样一起做饭，我就像做梦一样。”

蒋少琰反手揉了揉他的脑袋：“以后你就习惯了。”

汪哲抬头，眼里似有很多情绪，明明暗暗，不知道在想些什么。

“你不开心吗？”蒋少琰问。汪哲之前说过，他也有难过的时候，蒋少琰一直记得那句话，自从那次后，总担心自己神经大条，哪里没注意，又伤了他的心。

汪哲摇摇头，垂下眼帘：“没有，我很开心，但又觉得这样的自己很卑鄙。”

“你在说什么呢？我怎么听不懂？”

“今天邹锐对我说，你还会去找他。”

“放屁！”蒋少琰皱眉，“这就是你跟他打架的原因？”

“不是的，我打他是因为他说了一些话。”汪哲抿了抿唇，似乎不想说那些话是什么，“而且他之前还那么对你，我早晚要找他打一架的。如果学长生气的话，就打我好了。”

蒋少琰觉得无语：“我打你干吗？我还得谢谢你替我揍了那个垃圾呢。”

汪哲稍稍松了一口气，小心地问：“那如果，我是说如果，邹锐没有做出那种事，他很强、很优秀、也很尊重你的话，学长你还会和他决裂，选择我吗？”

“你为什么要做这种没意义的假设？”蒋少琰觉得莫名其妙，“事情都过去了，反正现在我认可的只有你。”

汪哲的声音越来越小，近乎呢喃：“那如果有其他人……”

蒋少琰没听清：“你说什么？”

“叮咚！”此时，大门口的门铃突然响了。

汪哲挠挠头，到嘴边的话吞了回去，走出厨房去开门。蒋少琰把菜端出去，顺便跟他一起去了玄关处。

“这谁啊？”蒋少琰看到监控里显示门外站着一个拖着行李箱的男人。

“我表哥。”汪哲回了一句，接着按下开门键，打开了房门。

“哟，阿哲，好久不见啊！”

走进屋的男人笑容灿烂，一身西装，显得颇为成熟稳重，可稍稍打理过的随性发型又添了几分潇洒俊逸。他一副风尘仆仆的样子，精神却相当好，笑着展开双臂抱了抱汪哲，随即看到了站在汪哲后面的蒋少琰。

“这位是？”

汪哲还不知道该怎么介绍，蒋少琰先开了口：“你好，表哥，我是汪哲的同学蒋少琰。寒假我借住在这儿，打扰了。”他边说边礼貌地伸出了右手，嘴角一挑，露出从容的微笑。

男人回握住他的手，意味深长地笑了笑：“你好，我叫贺彦。咱们名字都带‘yan’，可真有缘。”

蒋少琰对这话相当受用，笑意真切了几分：“表哥你真会说话，快进来坐。”他俨然一副主人架势了。

为了继续给汪哲家人留下好印象，他顺手就把贺彦放地上的行李箱拎起来，往里走。贺彦忙道：“等等，我来我来。箱子很重的，你……”

蒋少琰一只手拎着箱子回头，一脸轻松：“有什么问题吗？”

贺彦说：“……没问题，您请。”

蒋少琰往屋里走，贺彦搭上汪哲的肩膀，眨了眨眼，揶揄道：“这位同学可以啊。”

“他不叫‘同学’。”汪哲的声音有点低沉，“他叫蒋少琰，是我崇拜的人。”汪哲肩膀一动，摆脱了贺彦的手，跟着往里走。

贺彦站在原地，一脸诧异：这才一年多没见，向来温和的小奶狗表弟怎么好像突然变凶了？

蒋少琰往餐桌上多添了一副碗筷。贺彦是一个自来熟，一进门就闻着香味钻进了厨房。

“好香啊，你这是做的什么？”

“木耳肉片。”蒋少琰说，“不知道哥你这么早来，菜准备得少了。”

贺彦脱了外套，将它往餐椅上一挂，随手松了松领带：“没事，随便吃点。本来我是后天的飞机，结果国内公司这边临时有事，就提早回来了。我给阿哲打了半天电话，都没人接，只好直接上门了。”

汪哲刚好从房间里拿了手机出来，听到这番话，说：“我的手机一直放在房间充电，刚看到未接电话，对不起啊，哥。”

贺彦看到表弟又恢复了熟悉的样子，笑道：“对不起什么呀，是我打扰了。你们两个小年轻可不要嫌弃我，我住两天就走，绝不影响你们玩。”

汪哲顿时不好意思了：“哥，你别这么说。”

蒋少琰端着最后一盘菜从厨房里出来，闻言道：“哥住几天都行，不打扰。”

这话当然只是客气而已，贺彦不至于听不出来。

“少琰很懂事啊，不像我们家阿哲，这么大人了，客气话都不会说，傻乎乎的。”

蒋少琰道：“他傻是傻了点，不过还算乖，不至于被人拐了。”

贺彦见蒋少琰应答如流，大方洒脱，毫不扭捏，越发觉得投缘。

“少琰，今年你多少岁了？”

“二十一岁。”

贺彦说：“怪不得你比阿哲成熟些。我也就比你大三岁，你把我当自家哥哥就行了，用不着太客套。”

坐在一旁的汪哲突然开口：“我就比学长小两岁而已，也没有很不成熟吧？”他越说声音越轻，因为看到蒋少琰的眼神投了过来。

“你还敢说，今天谁跟人打架来着？”把打架当家常便饭的蒋少琰脸不红心不跳地训他。

汪哲把头低了下去，默默扒自己碗里的饭，像有点委屈，可吃了一口菜后，又忍不住笑起来：“学长做的菜真好吃。”他一笑之下，牵扯到了嘴角的伤，痛得“嗞”了一声。

蒋少琰给他夹了一筷子菜到碗里：“你傻得没眼看，我一会儿再给你上点药。”

贺彦早就好奇汪哲的伤了，借机问出了心中的疑惑。蒋少琰三言两语把这事带了过去，不想让贺彦知道邹锐跟他们的恩怨，以免让刚刚对自己建立起好感的表哥觉得自己爱惹事，还连累汪哲受伤。

晚饭过后，贺彦主动承包了洗碗的工作，蒋少琰便和汪哲去收拾客房。

“晚上我睡哪个房间？”蒋少琰故意问。

汪哲腼腆地说：“你睡那间吧。别的房间还没来得及收拾出来。”说着指了指旁边的一间房。

蒋少琰点头道：“行，那我就睡那儿了。”

汪哲很想大笑，可顾忌伤口，没敢笑得太开心，半咧着嘴，样子有点滑稽。蒋少琰没再管汪哲，去了客厅。恰好贺彦洗好碗出来，他为了方便动作把领带也解了，衬衫纽扣松开两颗，袖子拉到小臂上方，露出的部分不多，可一看就是脱衣有肉的强健身材。

贺彦的眉眼与汪哲有一两分相似，不过他显然不是混血儿，东方人的特征更为鲜明，面容也更成熟俊朗，浑身散发着事业有成的男人特有的精英气息，自信又潇洒，亲切又迷人。

趁汪哲不在，贺彦走近了些，笑着说："我一直知道我弟有个很关注的人，还以为是一个跟他差不多的，毕竟他的性子你也知道。"

蒋少琰听出了他的言外之意，道："我们这样才能和谐相处，有什么事我可以罩着他。"

贺彦一愣，随即哈哈大笑："你果然很不一样。不过他可用不着你罩，他只是脾气太好了而已，被欺负也不吭声，真要生起气来，教训人绝不手软。"

蒋少琰好奇道："哥，你见过他生气？"

"我就听说过一回。阿哲初二的时候，同学喜欢的一个女孩子喜欢上了他，那同学气不过，跑来找他打架。他本来没怎么反抗，可那人故意把他的一支笔摔坏了，他当场就发了火。要不是有其他人拉着，估计能把人揍骨折，后来还被叫了家长。"

"就因为一支笔？"

"那可不是普通的笔，据他说是一位初三刚毕业的学长的东西，他宝贝得很。"

蒋少琰把时间一对，就知道这位学长八成是自己了。可比起这个，有一点更让他在意。

“汪哲很受欢迎吗？”

“他一直都很受欢迎，不知道有多少人为他争风吃醋呢，有些甚至还会耍手段接近他。阿哲也是死心眼，不听家里人劝，他……”

蒋少琰一脸疑惑：“他怎么了？”

贺彦挠挠头，犹豫着要不要说出来，恰好瞥到汪哲收拾完房间朝他们走过来。

贺彦道：“下回再说吧，今天挺晚了，你早点休息。”

蒋少琰还没察觉到，“嗯”了一声，又说：“哥，加个好友吧，回头再聊。”

“房间收拾好了，哥，我带你去吧。”汪哲冷不防地插入了对话。

“等一等。”蒋少琰迅速地添加贺彦为好友，“行了，那哥你早点睡。”

贺彦坐了一天飞机确实有些累了，道了声“晚安”便去了客房。

蒋少琰则跟着汪哲进了房间，这间卧室自带卫生间，两人一个宿舍住惯了，倒不觉得有什么不同，只不过这里比宿舍大上许多而已。

当汪哲洗完澡出来的时候，蒋少琰已经准备好了棉签和药水。蒋少琰冲他招招手，他便听话地坐到床边，仰起头。

蒋少琰看着他的侧脸，发现他似乎成熟了些，初见时那种青涩的少年气息几乎不见了，取而代之的是越发英俊立体的轮廓和温柔可靠的气质。不变的是他那带着一抹暗绿的眼睛，在看向自己的时候总是藏着一成不变的坚定。

蒋少琰定了定神，单膝跪在床沿，拿棉签蘸了点药水，仔细地涂抹他受伤的地方。伤口面积不大，很快就擦好了。

“这两天你要吃得清淡些。”

汪哲点点头。

“你要注意休息。”

汪哲认真点头。

“你要注意卫生。”

汪哲再次点头。

蒋少琰见他这么乖，大概理解了为什么汪哲会受欢迎，不是所有人都喜欢强硬的男子汉，温柔乖巧的男孩子也会有人欣赏的吧。

第十章 破笔

Shao Shuo Ji Ju

早上，刷完牙，蒋少琰穿着一身睡衣，胡乱抓着蓬松的头发走到楼下，看到餐桌旁正吃着早饭的贺彦，才突然想起同住的还有这个人。

他这副样子有点尴尬，但反正照面都打过了，也就自然而然地坐下了，随口找了一个话题。

“哥，这是你做的早饭啊？”

贺彦笑了笑：“我下来的时候就有了，应该是阿哲一大早起来做的。”

蒋少琰拿勺子搅了搅碗里的小米粥，看了眼盘子里夹着煎蛋和火腿肉的三明治，对汪哲的能干程度又有了进一步的认知。

没过一会儿，旁边传来椅子被拉开的声音，蒋少琰一转头，才发现汪哲不知何时洗漱完坐了过来，微垂着头，似乎没什么精神。

“学长早，哥早。”

贺彦放下碗筷："早啊，我吃好了，多谢你啦。不过这蛋煎得有点生，当心有细菌哦。"

汪哲勺子一顿，说道："学长喜欢吃溏心蛋。那我下次分开煎。"

蒋少琰不想麻烦他："没事，我的也一起煎熟就行了，按哥的口味来。"

汪哲咬了一大口自己那份三明治，煎蛋破了，流出黄来，他鼓着嘴巴咀嚼，声音有点含混不清："嗯。"

蒋少琰思索了一下，又说："还是我来做早饭好了。哥，你喜欢吃什么？"

"我无所谓，你做的我都吃。"贺彦笑着说，他看了眼手表，"我得去公司了，你们慢慢吃。"

蒋少琰很客气地起身送他到门口，汪哲也跟着一起，架势颇为隆重。

"你们搞什么？说了别这么客套。"贺彦爽朗一笑，"走了，晚上见。"

送走贺彦后，两人又回到餐桌边挨着坐。蒋少琰边喝粥边回忆着汪哲喜欢吃什么，心里刚拟定了菜谱，旁边一直安安静静的汪哲突然说话，问道："学长，你觉得我表哥怎么样？"

蒋少琰随口道："不错啊，他人挺好的。"

"是吗？哪里不错？"

"长得不错，性格也不错，各方面都挺优秀的。你哥怎么会到现在还没对象？不应该啊。"

“大概是他没遇到合适的吧。”汪哲轻声说，低下头继续吃早饭。

一大早外面又下起了大雪，这会儿都积了厚厚一层，一脚一个坑。蒋少琰没兴致在这种天气出去逛，吃完早饭便到汪哲的书房里待着打发时间。

书房里有个橱窗，里面放着许多奖状、奖杯，都是汪哲以前得的，大多是一些知识竞赛，也有马拉松和格斗之类的比赛。

“你挺厉害啊。”蒋少琰记得之前汪哲说过自己成绩挺好的，现在看来他还是谦虚了。

汪哲倒了一杯刚煮好的雪梨汁放到桌上：“一些小比赛而已，没什么了不起的。”

蒋少琰赤着脚窝在沙发上，喝了一口雪梨汁，入嘴清香甘甜，润喉生津。蒋少琰夸奖道：“好喝。”

汪哲的眼睛弯起来：“那我一会儿再煮些。”

蒋少琰对上他明亮而温暖的眼神，调笑道：“傻狗，你看着倒挺无害，怎么打架那么凶？你是不是经常偷偷在外面惹事？我听你哥说，你以前还差点儿把同学揍骨折了。这次也是，一对三都能赢，我该喊你一声‘哲哥’了。”

汪哲被翻出黑历史，瞬间紧张了，蹲到蒋少琰面前举手发誓：“我就打过这两次架，其他绝对没有，我保证！”

蒋少琰看他小心翼翼地抬头看自己的样子，心里塌下去一块。

这么乖的一个人，被人欺负从来不吭声、不还手，却为了自己打了两次架。

自己是走了什么狗屎运能得到这样一个人的崇拜？

蒋少琰暗暗吸口气，掩饰住情绪，冷不防发问：“你从哪儿拿的我的笔？”

汪哲一惊：“学长，你怎么知道？”

“你哥说的。”蒋少琰毫不迟疑地卖了贺彦。

汪哲这下更慌张了：“那个……学长考试完，返校那天，我趁你们中午不在，进去拿的。”

“哦，原来是偷的？”蒋少琰冷下脸。

“我……”汪哲找不出反驳的理由，焦虑不安地咬了咬唇，视线投向书橱的一角，“对不起，我不该偷拿学长的东西。那支笔我还留着，学长如果要的话，就拿回去吧。”虽然他嘴上这么说，但表情完全是不情愿的样子。

蒋少琰没客气，站起身走到书橱前面，一眼就看到了放在二层的一个木质盒子。蒋少琰打开一看，绸缎软垫上放着一支极为普通的黑色水笔，文具店里一块钱一支的那种，丢个一两支根本不会发现，而且笔盖都摔裂了，却被装在如此精美的盒子里，看着实在违和。

“那我就拿走了。”蒋少琰作势伸手。

汪哲立马拦在他面前：“学长，这笔已经摔坏了，写不了了，你拿回去也没用的。”

“放你这儿也没用啊，不如我拿去扔了。”

“不行！”汪哲急得语气都变了，“学长，送给我吧。”

“我为什么要送你？你给我一个理由。”

“因为这是我可以保留的唯一一件你送的东西了。”汪哲恳切地看着蒋少琰，眼神有些可怜。

蒋少琰一愣，第一反应是怎么可能，自己虽然没汪哲那么细心，但送的东西也不少，怎么会是唯一一件？

可仔细一想，自己送的好像都是些吃的、玩的，确实没有可以保留的实物。

蒋少琰有时候比较大条，况且他们如今的关系实在好，自然就忽视了这点，可汪哲显然不这么认为。

蒋少琰脑子一转，立马有了想法，淡定地把笔放了回去，合上盖子，说道：“那我就送你吧。以后你想要我的东西直接找我要。”

汪哲开心得快要蹦起来：“谢谢学长！你真好！”

蒋少琰拍拍他的肩，嘴角微微勾起。

大学的假期基本没有作业，学生们清闲得很。他们俩在电脑上看了一部电影，到下午，蒋少琰困顿地躺了一会儿。傍晚他起来的时候，汪哲已经把菜都洗好了，正按照手机软件里的食谱瞎捣鼓。蒋少琰把他赶到一边，强行接手了掌勺的重任。

晚上，贺彦加班到八点才回来。蒋少琰正跟汪哲在客厅里看电视，听见开门声，立刻起身走了过去。

蒋少琰问道：“哥，吃饭了吗？”

贺彦脱下外套：“还没呢，家里有剩菜吗？”

“有，我给你热热去。”

汪哲关掉电视，走过来：“学长，我来吧。”

蒋少琰有求于贺彦，自然不能让人代劳：“我来，你先上去休息。”

“我不累。”

“听话，你去房间等我。”

向来对他言听计从的汪哲却异常坚持：“我想待在这儿。”

蒋少琰无可奈何：“我有事跟你哥说。”

“我不能听吗？”

蒋少琰心想：你听了哪儿还有惊喜？

于是他只好说：“现在不能，以后我再告诉你。”

汪哲微微皱眉，似乎有话要说，可最终只是轻轻地应了声：“嗯。”

蒋少琰看着他上楼时的落寞背影，总觉得傻狗最近好像哪里不太对劲，笑的次数少了很多，话也变少了，神情里总是带着点黯然和忧郁。

“叮！”微波炉加热完成的声音打断了他的思绪。

蒋少琰把特意留出的菜和饭端到餐桌上，又给贺彦拿了一副碗筷，随后坐在他对面，什么也不做，就静静地看着对方，思考着该怎么开口。

贺彦道：“恕我直言，少琰你面无表情的时候像下一秒就要揍我。”

蒋少琰稍稍动了动嘴角，俊俏的脸有了些许表情：“我长得有那么吓人吗？汪哲也总是很怕我的样子。”

贺彦笑着说：“不，你长得特好看。真的，就是你不笑的时候有点凶。”

“那我多笑笑。”蒋少琰咧开嘴，露出一个自认为善意的笑容。

贺彦汗毛一竖：“还是别了。说吧，什么事，大晚上的你在这儿看我吃饭干吗？”

蒋少琰说：“哥，我跟你请教一件事。”

他这一请教就请教了半个多小时，才算敲定了计划。贺彦饭吃得也差不多了，放下筷子说：“没想到你还挺照顾他的想法的。我原先以为他才是比较积极维系你们之间关系的那个。”

“他积极？”蒋少琰提起这事就来气，“快别提了，刚开始他的那股劲儿现在都不知道跑哪儿去了。”

说完，蒋少琰才意识到不对：“抱歉，我这人脾气躁。我倒也不是怪他，就是希望他别畏畏缩缩的。”

贺彦道：“没事，你随性点更好。阿哲虽然善良过头，但性格一直挺乐观的。我瞧他最近闷闷不乐，按理说目前这个情况，他应该开心得快上天了。你俩有什么矛盾吗？”

蒋少琰回忆了一下：“没有吧。前阵子我逼问他的时候，确实生过他的气，可之后都和好了。我一点儿都不嫌弃他弱，但他好像很没自信。”

贺彦愣了愣：“他弱？”

“是啊，他连跟我比划比划都不敢。”

贺彦闻言，扑哧一声笑了出来：“少琰，你最好记得今天自己说过的话。”

蒋少琰："怎么了？"

"没事，以后你就知道了。"贺彦神神秘秘，眨了眨眼，转回正题，"你说的事我知道了，明天带你去看看。"

蒋少琰点点头："谢了，哥。"

与贺彦聊完后，蒋少琰收拾完厨房，上楼回了房间，却发现卧室门没关，灯也没开。

汪哲还没睡，静静地站在窗边，见他来了，转过身，低低地唤了声："学长。"

窗外的月光朦朦胧胧地映照在他的半边脸上，另一半脸则隐没在黑暗中，明暗相交的脸部轮廓显得格外硬朗，一双眼眸透着暗绿的幽光，在沉郁的夜色映衬下隐隐散发着令人心悸的气息。

蒋少琰又一次觉得汪哲似乎跟自己所认为的不太一样，不像那条傻气、听话又忠心的金毛了，可到底像什么，他还是没弄明白。

"嗒"的一声，他抬手开了房间顶灯。柔和的光线一照，汪哲又变回了他所熟悉的样子。

"你想什么呢？灯也不开。"他走过去。

汪哲犹豫道："学长，你愿意等我变得强大吗？"

"你怎么了？"

"你愿意吗？先回答我。"

"不愿意。"

汪哲表情一僵："为什么？"

"我可没那么多时间和耐心。"蒋少琰没好气地瞪了他一眼。

话音刚落，汪哲突然开口，声音沉闷而急切：“再给我一段时间好不好？学长，我知道我现在还不够强，但我会努力的，再等等我。”

蒋少琰咬咬牙，狠心道：“不等。”

汪哲猛地攥紧拳头，身体却在微微颤抖。

蒋少琰一愣，傻狗也不至于怕成这样吧？

蒋少琰无可奈何，伸手抚了抚汪哲的后背，尽量用自己最平和的语气开导他：“不是我不愿意给你时间，只是我觉得没必要了，况且你也知道我这人性子急，你早晚要成长的，与其现在浪费时间，还不如……”

“我不要。”汪哲打断了他，又说了一遍，“我不要面对这些。”

蒋少琰有点恼了，压着气沉声道：“你别耍小孩脾气。”

“我不是小孩了，你再给我一点时间，我会改变状态的。求你了，学长。”汪哲声音哽咽。

蒋少琰有一瞬间心软，可又立刻否定了自己的念头。他不知道汪哲在怕些什么，但汪哲年纪小，会害怕也正常。

又或许是之前自己的那几次态度太凶了，把人吓出阴影了。蒋少琰稍微自我反省了一下。

汪哲没再说话，肩膀仍在轻轻颤抖，等着他答复。

蒋少琰握着他的肩，让他看着自己：“你要是真的信我，就听我的。我们都不是小孩了，像一个成年人一样，果断直接点不行吗？说真的，非要说我对你哪里有意见的话，就婆婆妈妈这点了。你要是把这点改了，我肯定更信任你。”

虽然现在自己已经很信任他了。这话蒋少琰没说出来，放点狠话才能刺激他。

汪哲瞬间停止动作，紧接着力气像被抽空了一样，紧握的拳头脱力般松开：“我改了，你就会信任我吗？”

他的声音微弱，若不是周遭静谧，几乎听不见。

蒋少琰尽可能放柔了语气：“嗯，会。所以你听我的，好不好？”

过了半晌，汪哲才抬起头来，神情倒是很平静，可明明开着灯，眼底却反而没了之前黑暗中的光亮。

“好。”

第二天是周六，贺彦不用去上班，起得比平日稍晚。他在公司附近租的房子大致收拾妥当了，明天就能拎包入住。

“中午我来做饭吧。少琰能带我去买点东西吗？这边我不熟。”贺彦使了个眼色。

蒋少琰会意道：“行啊，那走吧。”

一旁还在吃早饭的汪哲：“哥，我陪你去吧。”

贺彦搭着他的肩，把他按回座椅上：“你又不会做饭，带你去干吗呀？你好好看家，我们去去就回。”

“可是……”

蒋少琰已经穿上了羽绒外套：“听话。”

“好。”

汪哲从衣架上取了一条自己的羊绒围巾，送他们到门口。

一宿的积雪还未融化，空气又湿又冷，渗到骨子里。要不是有事要办，蒋少琰真不愿意在这种天气出门，还好贺彦这次来开了车。

汪哲看到车开了出来，给蒋少琰递围巾的动作一顿。

“你们要去哪里买菜？隔壁商场就有超市的。”

蒋少琰当然知道，自己第一天来就跟汪哲去过那家超市了，只好说：“哥他顺便去租的房子那儿，看看布置得怎么样了。”他也没说谎，贺彦确实是这么打算的。

“这样啊。”汪哲垂着眼帘，“我哥他对你很好呢，他都没有带我去看房子。”

蒋少琰笑了：“怎么，觉得你哥偏心啊？”

汪哲摇摇头，问：“你几点回来？”

“大概十一点吧。”

“嗯，我等你回来。”

然而路况的糟糕程度超出了预期，由于积雪的覆盖和地面的潮湿，路上的司机都怕车辆轮胎打滑，驾驶速度比平时慢了许多。好几个车流量大的路口都严重拥堵，等他们办完事回到家都将近下午一点了。

蒋少琰早已打过电话，让汪哲自己点外卖吃，自己和贺彦就近吃了中饭。

“不好意思啊，说好我来做饭的，结果……”贺彦无奈地耸耸肩。

“没事。”蒋少琰脱去沾了雪的外套和围巾，对过来迎接的汪哲说，“你吃饭了吗？”

“吃了。”他接过外套和围巾，放到衣架上挂好。

虽说这一趟耽搁了不少时间，但他们还是买好了菜，留着晚上用。蒋少琰把购物袋拎进厨房，拆了几个包装袋，随手往垃圾桶里一扔，突然觉得不太对劲，又往垃圾桶里看了一眼。

“汪哲，中饭你吃的什么？”他走到客厅询问，一眼看到茶几上还有半个没吃完的面包。

汪哲道：“啊，我不饿，随便吃了点。”

蒋少琰问道：“你想吃什么？我现在给你做。”

“不用了，学长。”

蒋少琰不听他的，捋起袖子进了厨房，汪哲急急忙忙地追过来。贺彦在一边看热闹：“这是怎么了？”

蒋少琰说：“他不好好吃饭。”

贺彦笑了：“阿哲，你总让少琰操心可不行啊，人家已经为你的事够费心的了。嗯……”

蒋少琰一把捂住了贺彦的嘴巴，眼神超凶：“哥，你少说两句。”

贺彦也不恼，笑嘻嘻地拉开他的手：“喂，怎么说我也是你的长辈。不尊老的话，我可就不管你了。”

蒋少琰知道贺彦在开玩笑，但毕竟有求于人，只能无奈道：“哥，让我跟他单独待一会儿。”

贺彦笑也笑过了，很识趣地没再凑热闹，径直上楼休息去了。

这两兄弟性格差异也太大了，蒋少琰心想。

汪哲从他们两个对话起就一言不发，像一个木头人似的，等贺彦走了才终于开口："我让你费心了吗，学长？"

"你别听你哥乱说，没什么大事。"

汪哲沉默了一会儿，又说："你为什么跟我哥说，不跟我说呢？我有什么做得不好的地方你告诉我就行了，我一定改。"

蒋少琰拿木勺敲了一下他的脑袋："你别多想，有些事告诉你也没用。"比如锻炼你这种事，难道说了就能产生变化吗？那样只会让傻狗更不自信而已，不如不说。

蒋少琰说："你乖乖地坐着去，先把你不好好吃饭的毛病改了。"

他做了一份简单的炒饭，怕配料不够丰富，还加了点调味品。其实不管他做什么，汪哲都会吃得一干二净，仿佛有多少就能吃下去多少，也不知道有没有撑着。

晚上，贺彦终于有机会履行自己的承诺，下厨做了一顿饭回报他们这两天对自己的照顾，味道居然很不错。

"在国外想吃正宗的家乡菜太难了，只能自己摸索着学。"贺彦用筷子指了指，"你们尝尝这盘青椒炒肉，是我的得意之作，保证下饭。"

汪哲立刻说："学长不吃青椒的。"

"一点都不吃吗？尝一尝呗。"

蒋少琰也不是完全不吃青椒，一小口还是能容忍的，况且贺彦帮了自己这么大的忙，这点面子总要给："我本来是不吃的，不过难得吃到哥做的菜，就尝一点好了。"

贺彦忙道："你实在不喜欢就算了，别勉强。"

"没事的。"蒋少琰夹了一小块青椒和肉丝，神色无异地放入嘴里。

自己果然还是不习惯这味道。

"挺好的，你是加了什么秘方吗？"蒋少琰自然而然地把话题带了过去。贺彦顺着问话大谈特谈他独家研制的配方，略过了蒋少琰到底喜不喜欢吃青椒的问题。

鉴于明天贺彦就要搬走了，这顿晚饭到最后三个人都喝了点小酒。蒋少琰没想到不会喝酒的汪哲也愿意喝，而且特别干脆豪迈，小半杯红酒几乎是一饮而尽。

"你喝这么急干吗？胃会不舒服的。"

汪哲摇了摇头，脸上却已经开始泛红，还想伸手够酒瓶再倒一杯。蒋少琰一掌拍掉了他的手，不准他再喝酒。汪哲握着空酒杯发愣，目光无法聚焦，在一旁安安静静地听他们俩聊天。

蒋少琰也没跟贺彦说上几句话，注意力都在汪哲身上，看他没一会儿连眼眶都有些红了，无奈道："我服了他，酒量这么差还喝酒。我带他上去。"

贺彦体谅地摆摆手："去吧去吧，早点休息。"

蒋少琰躬身把汪哲的一条手臂搭到自己肩上，架着他往楼上走。虽然他还不至于醉得走不了路，但由于汪哲的身形实在高大，蒋少琰被压得重心不稳，好几次差点撞到墙上，不过每次堪堪要撞上又被拉了回来。

这傻狗即使醉了，也还是担心自己。

等到终于把人送到卧室时，蒋少琰感觉自己仿佛跑了一场马拉松。可还没等他喘上一口气，被放倒在床上的汪哲突然抓住他的胳膊。

紧接着，汪哲又是一个动作："学长，我打赢你了。"

蒋少琰推他："我不跟醉鬼计较，等你清醒了再跟我说来一场。"

"为什么不计较？"喝醉的汪哲只捕捉到了这个词，"这事不需要你计较吗？"

"什么乱七八糟的？重死了。"

蒋少琰使出力气愤然挣扎，可汪哲居然纹丝不动。

"你给我清醒点！"

此刻的他相当不爽，不爽自己竟然被傻狗压制住了。

可惜思维迟钝散乱的汪哲并没有察觉到他的怒火，自顾自地说着话。

蒋少琰忍无可忍，找准角度狠狠肘击汪哲的肩膀。

"嘶——"汪哲吃痛，身上的力气卸去了大半。

蒋少琰趁机用力一推。汪哲被推得差点掉下床，后脑勺磕在床头木板上，痛得发出一声闷哼，捂着脑袋看过来，清醒了几分。

蒋少琰怕伤着他了，刚探过去半边身子，见他无恙，又退了回来："你醒了没？发什么神经。"

明明自己都已经很包容他了，结果他来这么一出。

蒋少琰冷着脸："你再这样，就别怪我揍你了。"

谁知汪哲竟然笑了："你说过不会揍我的。"

“你拿着鸡毛当令箭了，是吗？”蒋少琰看他一副欠揍的样子，顿时火从心起，站上床往他肚子踹了一脚。

汪哲顿时捂着肚子，痛苦地蜷缩成一团。

“你装什么装！”蒋少琰轻嗤一声，自己只使了三分力，按汪哲这结实的身板根本不痛不痒，怎么可能会疼成这样？

可汪哲的身体竟然微微颤抖起来，手揪着床单，指节泛白。

蒋少琰皱眉道：“我踢到你哪儿了？真这么疼？”

他凑过去查看，只见汪哲的眼眶比刚才更红了，眼里的情绪难以分辨，高挺的鼻尖也泛着红，一抽一抽地往里吸着气。

比起疼痛，他更像要哭了。

汪哲艰难道：“真的好疼啊。我是不是真的很没用，所以才老是惹你生气？”

蒋少琰招架不住他这种样子：“行了，你别委屈了，我根本没使劲好吧。还不是你犯错在先。过来，我给你揉揉。”

汪哲没有动，带着几分醉意继续自言自语：“我确实没用啊，又没有什么优点，我连当狗腿子都让你烦，你肯定烦死我了吧？”

他越说声音越轻，到最后几乎听不清了，只剩下断断续续的哽咽声。

蒋少琰听得一头雾水，可还是不忍心看他这样，于是轻轻靠近似乎一触碰就要碎裂的汪哲，抚了抚他颤抖的后背。

“你的优点多得很，一点都不惹人烦。先别说了，你好好睡一觉，明天等你清醒了，我一条条告诉你。”除了家人，蒋少琰这辈子从来没对谁这么有耐心。

汪哲听着他的话，沉默而压抑地平复着情绪。

他柔声安抚了许久，汪哲的身体才逐渐停止了轻颤，呼吸重归于均匀，似乎是睡着了。

蒋少琰看了一眼这只蜷缩着的大型犬，确保他没被闷着后，深深叹了一口气，脑子里很乱。他总觉得自己似乎忽略了什么重要的事，却理不出任何头绪，最后迷迷糊糊间也陷入了睡梦中。

第十一章 礼物

Shao Shuo Ji Ju

这一晚蒋少琰睡得很不安稳。

早上，他顶着一脸倦容起来，下楼，恰好看到汪哲端着早餐出来。

“学长早。”汪哲的微笑一如既往很温和。

“早。你还记得昨晚自己做了什么事吗？”蒋少琰挑眉。

汪哲笑容一凝，又迅速恢复正常：“不记得了，我喝醉了。”

蒋少琰嗤笑一声，傻狗说谎的水平未免也太烂了，完全被脸上的表情和闪躲的眼神出卖了好吗。

“行，你出息了，会骗人了。”蒋少琰看着他，起床气一点就炸，“好的不学，净学坏的。今天你别跟我讲话，自个儿待着去。”

昨晚发酒疯，今天来撒谎，自己再不管管，他就要上房揭瓦了。

以往汪哲听了这话，肯定会委屈巴巴地求饶两句，可今天他什么都没说，顺从地点了点头，随后继续平静地吃起了自己的早饭。

蒋少琰烦躁得要命，一点儿吃饭的心情都没有。

贺彦从楼上下来："哎哟，你们俩都好早。怎么，准备开我的欢送会？"他乐呵呵地坐下，拿起三明治咬了一口，"阿哲真贴心，还记着我爱吃熟一点的蛋。"

蒋少琰发现自己的煎蛋也是熟的，而汪哲自己的仍然是溏心的。

贺彦也看到了："你喜欢吃溏心的啊？下次你去我家做客，我给你煎。"

汪哲笑了笑："我不喜欢溏心的，但学长喜欢。"

这话听着万分别扭，蒋少琰想出言询问，却想起自己刚说过今天不跟他讲话的。这么一想自己好像有点幼稚，跟小学生吵架赌气似的。

还好贺彦替他问了出来："少琰喜欢，为什么你给自己煎，给人家的却是熟的，糊涂了吧？"

"我说了，怕学长打我。"汪哲低下头，"会很痛的。"

这家伙还没完没了了。

椅子猛地滑过地板，发出刺耳的摩擦声。蒋少琰倏然站起来，眼底尽是冰冷。

行，你要装可怜是吧？跟我倔是吧？那就看看谁先认输！

他一把拉起贺彦："哥，该走了，我们说好的。"

贺彦觉得莫名其妙："啊？我还没吃完呢，你很急吗？"

"我带你出去吃。"他心里有气，嘴上也不留情，"天天早上吃一样的东西，我都吃腻了。"

这下饶是贺彦也察觉出气氛不对劲了：“少琰你……”

“我在这儿快闷死了，走吧。”蒋少琰用了力，硬是拉着不明情况的贺彦出了门，匆忙间两人的大衣都穿得乱七八糟，纽扣都没扣好。贺彦仓促地跟汪哲道了别，所幸他提前把行李收拾完放车里了，没什么要拿的，而蒋少琰浑身上下就裤袋里一部手机。

直到他们坐上车，汪哲也没有出来送。

蒋少琰忍不住骂了一句。

一旁驾驶位的贺彦小心翼翼凑过去：“你俩怎么回事？”

蒋少琰问道：“哥，他是不是不那么崇拜我了？”

“怎么可能，他都崇拜你这么多年了，哪里那么容易变。”

“可能是他以前把我想得太美好了，结果近距离接触之后发现我没那么好，就失望了。”

“你明明很好啊。”

“我是什么样的人我知道，脾气差又没耐心。说实话，在他成为我室友之前，我对身边有一个可以一起扛事，分担我过敏症压力的朋友已经不抱希望了。汪哲当初是因为我鼓励了他才一直记着我的，其实他崇拜的只是他想象中的我而已，不是真正的我。”

蒋少琰越说越觉得就是这么回事，涌上来的难受止不住：“他对我好，我也想回报，可我这方面本来就不如他，怎么学都赶不上他。他肯定察觉到了，我根本不是他理想中的样子，所以他收回他的崇拜了。”

贺彦问道：“等等，你到底哪儿看出来这些的？”

“最近他一直不怎么开心。”蒋少琰想了想，“总之有很多反常的举动。”

当然还有发酒疯和说谎这两大依据，可他不方便说出来。汪哲以前是绝对不会做这种事的。

贺彦试图安抚他：“你想多了吧。”

他不提还好，一提蒋少琰才想起来，连来汪哲家都是自己强行来的。或许汪哲根本就不想答应，而非自己所以为的胆怯。

蒋少琰颓然地闭上眼，靠在椅背上，手掩住眼睛。

“哥，开车吧。不管怎么样，我想把东西给他。”

这一路蒋少琰沉默且压抑，贺彦也不敢开口，怕多说多错。等他们取完东西，蒋少琰的情绪总算平复了些。然后蒋少琰又跟着贺彦一起去新租的房子收拾打扫了一番。贺彦留他吃了中饭，他一时半会儿还没整理好心情面对汪哲，下午便在贺彦家小憩了片刻。

在他短暂而恍惚的几个梦境里，全都是最近生活中的琐碎片段。

房间里空调的温度似乎太高了，又闷又热。蒋少琰半梦半醒间摸到空调遥控器，调低了好几摄氏度，甚至想在大冬天开启制冷模式，可依然被热醒了，只好揉了揉眼起身。

他按开手机，第一眼看到的是时间——下午三点，第二眼看到的就是屏幕上显示的七个未接电话和无数信息，全是汪哲的。

他的手机一向静音，睡觉前连振动都关了，根本没注意到。

蒋少琰先点开了信息。

汪哲：学长，我错了，我不该说谎，对不起，你理一下我好吗？

汪哲：你在我哥家吗？我可不可以去找你？告诉我你的地址吧。

汪哲：我不想变成现在这样，你回复我吧，随便回复什么都行。学长。

……

蒋少琰的手指滑着屏幕，一条条往下看，基本是汪哲在求自己回复，要求面谈。他越看越觉得哪里不对劲，这语气、这内容怎么像自己是那个坏人，明明他才是担心得不行的那个人。

空调似乎坏了，感知到的温度不降反升，蒋少琰扯了扯自己的衣领，耐着性子看到最后两条信息。

汪哲：学长，你在看手机吧？如果你实在不想理我，也告诉我一声好吗？不然我总以为还有希望。

最后一条信息显示是半小时前发来的，就短短几个字：你真的放弃我了吗？

什么乱七八糟的？怎么他还委屈上了？

蒋少琰心里像有一团火在烧，燥热又生气，起身推开门就往外冲。

正在客厅看电视的贺彦吓了一跳：“你怎么了？”

“我先回去了，哥。”蒋少琰飞速穿上外套。

“你急什么，等一等，我送你回去，正好有个东西忘在阿哲家了。”

蒋少琰一想确实坐车更快，便说：“那麻烦你了。”

贺彦关了电视，拿外套：“没事。哦，对了，刚刚阿哲来电话了，问我家地址。我以为他要过来，结果等半天都没来。”

蒋少琰动作一顿：“他还说什么了？”

“他没说什么，就问你在不在。我说你有点累，在房间休息呢，可能在玩手机吧。他沉默了好久，然后就挂了电话。”

蒋少琰眉头一皱，似乎意识到了什么，可又不确定。眼下没有时间容他多想，还是回去当面问那傻狗来得清楚明了。

贺彦开车很稳，在路面湿滑、天气恶劣的情况下，只用了半小时就开到了汪哲家。蒋少琰有备用钥匙，下了车正欲开门，可脚一沾地，像踩在棉花上，竟虚软地踉跄了一下。

他刚才心里急没注意，此刻才察觉到，过敏症还是发作了，在这最糟糕的情况下。

此刻他尚且能保持镇静，定了定神稳住身形。贺彦从车的另一边拎着袋子走过来，见他站在原地一动不动，疑惑道：“你怎么不进去？”

可他刚一靠近，就发现了蒋少琰的不对劲。

“我去，赶紧进去！”贺彦简直手忙脚乱。

蒋少琰接过袋子，深吸了几口气，说：“我没事，走吧。”

钥匙插进门锁一扭，发出的声响立刻惊动了里面的人。

“学长！”汪哲立刻从里面奔出来，连拖鞋都没穿。可当他看到蒋少琰跟贺彦一同进门时，又瞬间僵在了原地。

蒋少琰冷着脸，上前一步，刚要放点狠话，突然后背被用力一推。

“这个问题还得你们自己解决，我就不插手了，先走一步，拜拜！”贺彦拿好自己落在玄关处的东西，忙不迭地开溜了。

大门被“砰”的一声关上，屋子里归于寂静。

“我以为我犯了很严重的错。”汪哲的声音发颤，“你还是原谅我了，是吗？”

蒋少琰本来想训话，可看见他眼周通红，暗淡无光的褐绿色眸子里透出一丝微弱的希冀来，就狠不下心训他了。

他问：“我什么时候说过你犯错了？”

汪哲哽咽：“可我只是一个‘临时工’，我以为等你碰到更适合的朋友，就不需要我替你分担什么了。”

蒋少琰的眉头深深拧起：“胡说八道！什么‘临时工’？”

“难道不是吗？”汪哲的鼻子抽着气，“你觉得邹锐应该跟你更合得来，可他那么对你，所以你和他闹翻，故意说我也很好，我都知道的。”

“我哥确实比我优秀，你会更想和他深交也很正常。果然太卑鄙、自私是会遭报应的。”

这下蒋少琰再神经大条，也明白过来症结所在，简直气笑了：“你知道什么！什么邹锐？还有你哥？你傻死算了！”

汪哲没有否认：“我是很傻，你说过邹锐有些方面很不错，也说过我哥很优秀，你会听他们的建议，可以因为他们做一些妥协……但你只说我很烦人。我不过是想让你看到，我也是有优点的而已。”

“可你从来没说过到底怎么看我的。”

汪哲抬手抹了抹眼：“当时我听到你说我可以跟着你，我真的好开心，以为就像你说的那样，总有一天我的优点会被看到，后来才发现不是那样。

“我没有怪你的意思，是我太自以为是了，才会一直惹你烦，被你讨厌。我这样一无是处的人，怎么可能被你认可。”

他勉强扯着嘴角笑了笑：“但你还是回来找我了，我好高兴。”

蒋少琰都不知道从哪儿解释，烦躁得要命：“你跟我来！”

他向来不喜欢多费口舌，拽着汪哲就走，还不忘拿稳手上的袋子。过敏症的预发症状导致他根本没多少力气，可汪哲还是顺从地任由他揪着。

走进房间时，蒋少琰已经冒了一头的虚汗，身上也黏黏糊糊的。

汪哲抓住他想脱毛衣的手：“不行，你现在这样会感冒的。”

蒋少琰挣开他的手，抬臂脱去了毛衣，上身只留着一件单薄的衬衣，头发因刚才的动作翘起几根，看起来一点都不像平时那样冰冷有攻击性。

“你在我心里很特别，很重要，我绝对不会像对邹锐那样对你，我需要你站在我身边，和我一起往前走。”蒋少琰必须先把这点强调明白。

“只要你让我说，那我说多少遍都行。你知道为什么我和邹锐闹掰了吗？因为那天舞会的时候，他让我不要再犹豫，他和我才是强强联合，而我拒绝了。我对他说，我身边的朋友位置有限，他才发了火，想强行诱发我的过敏症。”

汪哲难以置信地睁大了眼睛。

“我一直都很重视你，喊你傻狗是因为觉得你跟我家那只金毛很像，我一直那么喊它。我没有讨厌你的意思。让你误会了，对不起。以后你让我喊你什么我就喊什么。

“但你误会我想和你哥深交，就是你的毛病了。他是你的家人，我又借住在你家，出于教养，我想表现得好一点有问题吗？”

汪哲傻愣愣地看着蒋少琰，被他的话冲击得思维迟缓。

“没……没问题。”

“我忘了明确地跟你说是我的疏忽，可我也没少表达自己的态度吧？你去打听打听，接近我就被我揍废的人有多少。可我主动问你，还求着你答复我，这你都看不出来我的态度，你瞎吗？我欣赏的是你那弱得要命的体质吗？你自己好好想想！”最后一句话蒋少琰几乎是吼出来的。

汪哲被蒋少琰凶恶的气势震得脑子发蒙，好半天才找回思考能力：“你觉得……我很重要？”

蒋少琰没好气道：“这是我说的第一句话，你刚反应过来，我后面说的你听到了吗？”

“听到了，可是我……”

“没有可是。”蒋少琰的耐心快到极限了，“你听明白了吗？不是谁都可以站得离我这么近，汪哲可以，不代表其他人也可以，因为我最信任你，你懂了吗？”

汪哲总算回神，忙不迭地点头：“懂了。”可他还是一副难以置信的样子。

蒋少琰见状，摸过自己拿来的袋子，从里面取出一个精致的小盒子，随手把包装袋往地上一扔。

他打开盒子，是一块造型简洁而别致的手表。

“那支破笔就别当个宝贝似的了，我给你点别的。这手表是这两天你哥带我去挑的。我不太懂这些，也没多少钱，暂时买不起贵的，先将就一下。”

蒋少琰拉起汪哲的左手，给他戴好。汪哲整个人像被定住了，眼珠都不转了，出神地盯着自己手腕上的表。

蒋少琰可等不了那么久，忍着过敏症保持冷静到现在已经远超普通过敏症患者的承受能力了，再不吃药怕是不行了。

“学长。”汪哲抚摸着腕表的手都在颤，郑重地将它调整好位置，突然正色道，“谢谢你的礼物！”

蒋少琰一惊，汪哲的力气出奇地大，就算他过敏症发作，武力值也不应该低于这只傻狗啊。

汪哲把他扶到一边，让他先服下药。蒋少琰慢慢好转了些，难以置信地瞪着面前的汪哲，人还是那个人，可这截然不同的表现简直和之前天差地别。

“我现在的样子，符合你的标准吗？”汪哲轻笑，英俊而迷人。

蒋少琰：“这……是怎么回事？”

“我隐藏了自己的实力。”汪哲心虚道，“以前总是有人来烦我，我怕我万一哪天惹了麻烦，所以才这样。”

“你为什么不早告诉我？”如果早知道这傻狗强成这样，自己以前根本不会犹豫好吗！

“原本我是没打算瞒着你的，可我搬进公寓那天，你问我强不强，如果我说了，你或许就会改变想法了，我不想那样。”

蒋少琰简直不知道该作何反应。

被这人隐瞒了这么久，肯定是生气的，但这点生气比起揪心来说也算不得什么了。

汪哲明明可以轻而易举地得到自己的认可，明明可以靠强大的体质震慑别人，却为着这种理由，被人嘲讽。

“学长，你生气了吗？”汪哲见蒋少琰不说话，惴惴不安地问。

蒋少琰回过神，陡然意识到现在不是替对方考虑的时候，自己才是处境最惨的那个。

“你……可别趁我过敏的时候欺负我啊。”

汪哲忙道：“怎么会！我保护你还来不及呢。”

蒋少琰暂且信了他，在房间里休息了片刻，直到体力完全恢复了，才开始正式兴师问罪：“你知道哪儿错了吗？”

汪哲规规矩矩地坐在一边，一脸柔弱地说：“知道，我不该瞒着学长这件事。”

蒋少琰拧眉道：“滚，谁说这个了，我说刚才！”

汪哲垂下眼帘，掩盖了褐绿色的眸子，又变得像金毛一样乖顺：“学长不高兴吗？我哪里做得不好呢？”

我去！蒋少琰简直怀疑他人格分裂。

“我快被你烦死了！”

他一心烦意乱就容易说话不过脑，但并无恶意。

可汪哲听后头埋得更低了，睫毛在脸上投下长长的阴影，抿着唇不再说话。

“我不是那个意思。”蒋少琰好歹吃一堑长一智，立刻反应过来自己说错了话，让他难受了，“我说烦是因为你一露出这种表情，我就不知道该拿你怎么办。平时也是，我总担心你的一些事，烦得很，但不是你想的那样……”

汪哲听到最后那句话，语气又高兴起来：“原来是这样吗？看来是我想错了。”

“是啊，我想你怎么那么不懂事、那么容易想多。”蒋少琰没好气道，“你怎么又喊‘学长’了？叫我的名字也行。”

“我叫习惯了，而且学长的名字好多人叫，叫学长反而不那么随大流。”汪哲说着又变回了平日的腼腆傻狗。

蒋少琰：“哦，那没事，以后没有这种‘大流’了。”

汪哲：“……”

“我说真的。”他拿过床头的手机，干脆利落地在好友群发了一条信息。

蒋少琰：以后不要直呼我的名字，知道了的扣1。

柳函秒回：少琰，你怎么了？吃错药了？

蒋少琰：我让晓晓跟我混，你觉得怎么样？

柳函：1。

蒋少琰追加了一句：现在不扣1的，一会儿我单独找你们聊聊。

一瞬间——

罗永恒：1。

许倩：11111！

晓晓：1，哈哈哈。

汪哲神色复杂地看着他检阅回复："这样会不会不太好？"

蒋少琰满不在乎："没事，反正他们一般喊我'琰哥'比较多，现在你可以尽管叫了。"

汪哲无奈地笑了笑："少琰。"

蒋少琰点点头表示满意，又觉得缺了些什么："你想让我怎么喊你？"傻狗不喜欢，那就不叫他傻狗了，自己在心里默默叫。

汪哲不好意思地移开目光，又瞥过来："我想听你喊我'哥'。"

蒋少琰一怔："为什么？"

汪哲道："因为这样就不显得我小了。我不想让你觉得我年纪小，需要你照顾。而且你喊别人哥的时候，感觉和你平时不太一样，像变了个人。"

蒋少琰听了这话，老脸都有些挂不住了，掩饰着窘迫，捶了一下他的肩膀："你脑子里到底在想些什么？这有什么难的？我答应你。"

汪哲一脸开心，可马上皱起了眉："但是，我总觉得像在叫我表哥。"

"那我以后喊别人的时候加个名字，比如彦哥，叫你就一个字。"

汪哲瞪大眼睛："还可以这样吗？"

"有什么不可以，不就一个称呼吗？"蒋少琰勾起嘴角，故意拖长音调喊道，"哥——满意吗？"

汪哲拼命点头，满足得不知道说什么好。

当窗外明晃晃的正午阳光照在眼皮上时，蒋少琰不得不睁开了眼，迷迷瞪瞪发起了呆，脑海里关于昨晚的记忆逐渐回笼。

此刻身体倒是没什么不适感，他动了动身子，想换一个姿势。

"你醒了？"汪哲从门外走进来，揉了揉眼睛，"要吃点什么？"

蒋少琰气虚地说："随便吧，我饿了。"

汪哲还是很听话的，立刻转身去厨房鼓捣午饭了。蒋少琰看着他的背影，不禁疑惑，他照顾了自己一晚上，怎么一丝疲惫都没有。

汪哲不仅自己做了几样简单的菜，还打电话订了附近饭店的外卖。蒋少琰洗完澡出来时，饭厅已经摆了半桌子的饭菜，从点心粥类到荤素小菜，还有甜品饮料。

"你这是给我补身体啊？"

汪哲端着最后一道汤从厨房出来，闻言还真点了点头："这几天你的身体会比较虚弱，得好好补充营养。"

蒋少琰没客气，调整了一个舒服的姿势，拿起桌上的碗筷便开吃了。汪哲却一动不动地看着他，时不时提醒两句，哪个菜要多吃点。

“你不饿吗？”蒋少琰转头问。

汪哲微笑着摇摇头，温声道：“你先吃吧，你比较累，我身体素质好。”

蒋少琰瞥他一眼：“这会儿倒是坦诚。”

“嗯。”汪哲小心讨好地凑过来，“以后都会坦诚的，学长没有放弃我，我好开心。”

蒋少琰哼笑一声：“现在你相信我说的了吧？”

“嗯，相信了。”汪哲用力地点头，显得超级乖巧。

“你早该相信了，傻得要死。我说你之前怎么表现那么奇怪，原来一个人在那儿瞎想，也不来问我。”

“我怕问了，你说了否定的答案，那就彻底没戏了，不问好歹还能有一线希望。”汪哲的睫毛垂下来。蒋少琰看汪哲这样又心软了。他也能理解，环境对一个人的影响很大。像汪哲这样从小总被说没有男子气概的人，偏偏想要和自己这个凶悍的人走得近，而且自己之前还一直强调非强者勿近，汪哲会不自信也是情理之中的事。

“我道歉行了吗？没想到你是真傻，对不起。”蒋少琰半开玩笑道。

汪哲也灿烂地笑了：“我会努力变聪明的。”

第十二章 拜年

Shao Shuo Ji Ju

蒋少琰频繁反复的过敏症状过了几天才好转了一些。

他足不出户，在家待了几日，多少觉得有点闷了。但是他也不能走得太远，以免意外状况发生。

出门前，他只随意地套了一件外套。汪哲急忙拉住他，替他拉上外套拉链，又拿来一条围巾，里三层外三层地把他的脖颈围住。蒋少琰半张脸都埋在围巾里，只露出一双乌黑又冷冽的眼睛。

“这样看着好温顺啊。”汪哲喃喃。

蒋少琰皮肤白，衬得一双眸子更为黑亮，半张脸被挡着，掩去了平日里桀骜的神情，倒显得有几分乖巧，当然，仅限于外表。

“你才温顺，你全家都温顺。”蒋少琰翻白眼。

汪哲带着他出了门。

步行十分钟后，他们站在了一个室内篮球场里。临近春节，又是寒冷的冬季，没什么人来打球。他们找了一个无人的篮球架，租了一个球，便开始热身。

室内暖气足，蒋少琰脱了衣服、围巾，终于从被裹得严严实实的状态中解脱出来。他活动了一下手腕，倨傲地对汪哲挑眉："让你几轮？"

其实他打篮球打得一般，但他似乎没见过汪哲打球，想来应该是不会打。

汪哲笑着说："你不用让我，反正我也赢不了。"

蒋少琰无所谓，"嗯"了一声，随即摆开架势，躬身运球。汪哲也一下子进入状态，神情专注，紧盯着他手里的球。

蒋少琰在心里吹了一声口哨，面上却不动声色，目光锐利地扫了扫他周身的破绽，突然一个迅猛的俯冲，从他抬起欲阻拦的右臂下的空当闪身而过，起跳投篮。

"砰！"篮球稳稳入篮圈坠地。

他的首球干脆利落地得分，有点小得意："今天我的手感不错。"

"学长，好厉害！"汪哲露出崇拜的表情。

"你学着点。"

蒋少琰刚开始占尽了上风，汪哲几乎没怎么摸到过球，可几轮下来局势产生了变化，他的身高和体型优势慢慢体现，而且他学得快，能把蒋少琰刚做过的假动作分毫不差地模仿出来。

"不错，要是接下来一小时你能从我手里拿下十分，回去有奖励。"蒋少琰揉了揉他的脑袋。

"好的！"

有了奖励作为动力，汪哲学得更卖力了，从纯防守渐渐转为主动出击，好几次从蒋少琰手里抢下球。可惜投篮准确度不够，未能得分。

汪哲看着篮圈思索了一会儿，紧接着在又一次抢到球后，没有再选择远处投篮，而是果断地奔到篮球架下，起跳扣篮。蒋少琰跳起来欲阻拦，可汪哲由于身高优势跳得更高，滞空时间也比他长。当他身体下降时，汪哲刚好达到扣篮的高度。

“砰。”一球进篮圈，篮圈重重摇晃了几下。

蒋少琰落地后，撇撇嘴，道：“过分了啊，你欺负我比你矮？”

汪哲的脸上立刻露出紧张之色：“我没有，我不是，那我不这样了。”

“你慌什么。”蒋少琰笑得肆意，压低声音又补了一句。

由于他的那句话，接下来的时间汪哲明显受了影响，屡失进攻良机。

蒋少琰频频得分，意气风发。

啧，琰哥有一百种方法不让自己丢面子。

一个小时到点，汪哲最终只得了五分，失落道：“我以后一定好好练习。下次还有奖励吗？”

“看情况。”蒋少琰在心里发笑，“你与其练球，不如练练你的脸皮。你这么不禁逗，以后随便来个人是不是就把你逗得想钻地缝了？”

“不会的！”汪哲急道。

“行了，你别紧张，我开玩笑的。”

蒋少琰拍拍他的肩。傻狗说腼腆是真的腼腆，可说直接，也是真的直接，直白而真诚的话配着他认真坚定的神情，不由得让人深信不疑。

蒋少琰张大眼睛看他：“哥，我有点热，可能过敏症复发了。”

汪哲立刻道：“那我们回去，好不好？”

“嗯。”

今天，蒋少琰格外听话，把自己重新裹成出门前的严实状态。

他们归还了租的球，准备走回家，可刚走到体育馆门口，迎面碰上四五个年纪相仿的男生。一伙人说笑着从他们身边经过，突然，其中一个男生停下了脚步。

“我去，汪哲？”

蒋少琰闻言，见他有点面熟，问同样转过身的汪哲：“你认识他？”

汪哲皱眉，没有说话。

那个男生冷笑道：“没想到我们在这儿碰见了，上次的仇我还没报呢，出去解决？”

汪哲：“我现在没时间，况且上次你们三个都没打赢我，你真的要一个人跟我打吗？”

他这么一说，蒋少琰就想起来了，这不是校篮球队的张鸿吗，寒假前跟汪哲打了一架的那三位其中之一。

张鸿本想着自己人多势众，五个人解决一个人应该没问题，可汪哲这话把人数限制在了一对一，倘若他再找帮手，就显得很不男人了，就算赢了也胜之不武。这个年纪的大男生，最丢不起的就是面子。

“一个就一个，我才不怕你！”张鸿硬着头皮放话。

“可我真的没时间。”

“没时间？我看你是想找借口逃跑吧！”其余跟他一起来的男生也附和着嘲笑。

蒋少琰扯下挡着脸的围巾，面无表情道：“他没时间，我有时间。”

“……琰哥？”

蒋少琰在T大这么多年的威信不是虚的，张鸿一对上他那凶狠的眼神，原本嚣张的气势立刻弱了一截。

他有个朋友曾经招惹过蒋少琰，那朋友说起来也算身强体壮，可最后还是跟其他不识好歹的人一样，被揍得鼻青脸肿进了医院。他去探望那朋友的时候，说起同篮球队的邹锐也想搭上蒋少琰，那朋友立刻抓住他的手，言辞恳切，说道：“劝邹锐别冒这个险。那个人根本不是好惹的。不，那根本不是人。”

那位朋友脸上的惶恐之色，他至今难忘。

所以，之前张鸿看邹锐好像没费什么力气就和蒋少琰走得很近，还挺崇拜对方。不过两人很快又闹掰了，随后不知道从哪儿冒出一个新生，居然力压T大风云人物之一的邹锐，得到了校霸蒋少琰的青睐，一时间整个校园都是新生的传说。

邹锐自这事之后，一直很不爽，时常跟他们发牢骚嘲笑那个新生有多弱。作为兄弟和队友的张鸿自然看不过去，而他们那天恰好遇到汪哲，见邹锐要跟他动手，便一起参与了打架。

可谁承想这新生根本不像邹锐说的那么弱，简直强得离谱，被揍趴在地上的时候，张鸿都蒙了。眼看着没几分钟邹锐也被打趴在地上，他忍不住想：兄弟，这实力差距，难怪蒋少琰会选人家。

可想归想，到底还是面子丢大了，他都没敢让父母声张这事，心头憋着气想要报这个仇。眼下正是好机会，却偏偏杀出一个蒋少琰来。

汪哲可以一打三，他是知道的，蒋少琰应该可以一打二，那他这边不还是没胜算吗？

"琰哥，这是我跟他的事，你就别参与了吧？"

其他几个男生不是T大的，看蒋少琰长得俊俏白净，不禁笑话道："张鸿，你对一个'小白脸'这么客气干吗？"

"不是，你们……"张鸿正想说"你们讲话注意点"，蒋少琰已然冷眼看过去。

"你觉得自己挺牛？"蒋少琰的骨头按得咯咯作响，"要不要我教教你们'尊重'怎么写？"

几个心高气傲的男生眉头一拧，眼看着就要发火。

汪哲立刻拉住蒋少琰，把人带到自己身后："抱歉，今天真的有事，下次你要在哪儿打我都奉陪，还有——"他的脊背挺得笔直，低沉的声音就在蒋少琰前方响起，"以后别找他麻烦，否则那天张鸿的下场就是你们的下场。"

蒋少琰还没来得及回头看清那些人此刻的表情，汪哲就拉着自己，转身匆匆离开了。

一伙人面面相觑，半晌后才有人低声骂了句："那人谁啊，怎么感觉比你们锐哥还横？"

张鸿仍心有余悸，刚刚汪哲那眼神他见过。上次邹锐当面嘲笑汪哲没用，说蒋少琰早晚会后悔的时候，汪哲也是这样瞬间变了脸色，眼里绿光毕现，震慑得人胆战。

张鸿咽了一口唾沫，道："长江后浪推前浪啊。"

两人沿原路走回了家，大门在身后关上。

蒋少琰瞥了一眼汪哲冷峻的脸："你刚才好凶啊，我都被你惊到了。"

汪哲的眉眼顿时柔和下来："对不起，是我冲动了。"

"你没说错。"蒋少琰解开围巾和外套，将它们挂到衣架上，"对待有些人，凶才有用。"

这时，汪哲的手机铃声响了起来。

汪哲从衣服兜里把手机掏出来看了一眼，然后干脆地挂掉电话，扔到茶几上："我哥。"可没过几秒贺彦又打了电话过来。

蒋少琰道："你接一下吧，或许有什么要紧事。"

汪哲听蒋少琰这么说，便坐在地上接起电话，顺便开了免提："喂，哥，什么事？"

"喂，阿哲啊，你跟少琰应该没事了吧？过两天就新年了，你有什么打算吗？"

"再说吧，我现在没——嗞！"他猛地倒吸一口气。

贺彦说："喂？信号不好吗？听得见吗，阿哲？"

"我听得见。"汪哲想赶紧结束通话，"我现在没空，哥，下次再聊吧。"

贺彦却不知道这边是怎样的情况，追问道："少琰身体怎么样？你没欺负人家吧？"

蒋少琰笑着朝电话那头喊："彦哥，他没欺负我，倒是我在欺负他。"

汪哲捂住被捏的脸："学长，你干吗……"

"奖励你，刚刚保护了我。"蒋少琰换了个动作，像对待小动物似的，"谢谢你，汪哲，我没选错人。"

这一天后，蒋少琰的过敏症复发才算彻底结束。可怜他的老父亲直到自己的孩子恢复健康后，才知道这一个晴天霹雳般的消息。

"什么！你又过敏了？"

蒋少琰把手机拿远了点："爸，我的耳朵都快聋了，你小点声。"

"我这不是担心你嘛！"

"已经没事了，得感谢我室友。"蒋少琰哼笑着，看了眼一旁因蒋父的惊吼而心惊胆战的汪哲，"要不您跟他说两句？"

汪哲顿时如临大敌，紧张地把开着免提的手机双手接了过来："叔叔，不好意思，这次他的过敏症好像是我害他担心才引发的……"

蒋父又好气又好笑："我知道你们年轻人偶尔会闹矛盾，可这事毕竟不是小事，万一出了岔子还是会有危险的……"

蒋少琰插嘴："难道我们闹矛盾前还得打电话跟您报备一声？"

"哎哟，我真是拿你没办法。"蒋父对这个向来不走寻常路的孩子无可奈何，到底还是有着担心，"那你现在身体怎么样？吃了过敏药有没有什么副作用？"

"我好着呢，被汪哲照顾得不错。"蒋少琰懒洋洋地趴在沙发上，提醒他，"你说两句啊。"

汪哲磕磕绊绊道："叔叔，少琰很好……您放心吧！"

蒋父又仔细询问了一些事项，确定蒋少琰的身体没异常状况后才松了一口气，勉强消化了这件事，转换了一个话题道："宝贝啊，我后天过年要工作，回不去，不能陪你了，委屈你了。"

"没事，那爷爷奶奶家我自己去？"

"行，他们一直盼着你呢。"蒋父想了想，追加道，"你和小汪一起去看看他们吧。"

汪哲一惊："啊，好，好的！"

蒋少琰跟蒋父聊完，挂了电话。汪哲仍皱着眉，焦虑地思考着："怎么办？送什么礼物给你爷爷奶奶好？我该穿什么衣服？要不要先跟他们说一声？突然造访不太好吧？"

蒋少琰弹了一下他的脑门："你别紧张，他们都很随和的。"

可汪哲仍放不下心来，一晚上都拿着手机搜索"第一次去学长家给对方的爷爷奶奶送什么礼物”，第二天还特意起了个大早，去菜市场买了一堆菜，又去商场买了不少保健品和几台老年人用的按摩仪。

蒋少琰早上醒来没找到人，揉着眼下楼，看到汪哲正在厨房里忙得热火朝天。

他问道：“一大早你做什么菜啊？”

汪哲回过头：“我想练几道拿手菜，明天去你家给爷爷奶奶做，毕竟我厨艺不太好。”

蒋少琰走过去，从他背后往锅里瞅，都是一些清淡的家常菜。难怪昨天他问自己爷爷奶奶喜欢吃什么。

“你的厨艺哪里不好了？我觉得你做得挺好吃的。”

汪哲顿了顿，浅笑道：“学长不用安慰我，我就只会做一两样东西。早饭也是，就会三明治，之前还害你吃腻没胃口了，我不多学点怎么行？”

蒋少琰一怔：“我什么时候说过吃腻了？”他话音刚落，就想起自己那天在气头上说的伤人话了。

难怪在那之后汪哲没再做过早饭，都是买现成的。

“啊，对不起。我那次不是故意的，都是气话，你别往心里去。”蒋少琰在他背后道，“我以为你故意给我做熟的，给自己做溏心的，来给我添堵，又觉得你那几天表现很奇怪，以为你嫌弃我脾气太坏，心里难受，一时就没控制住，对不起。”

“我怎么可能这样想。”汪哲急忙想转身解释。

蒋少琰按住他：“好好好，我知道你没那个意思，原谅我好不好？”

汪哲立刻回道：“当然，我本来就没怪你的意思。”

“你真好。”蒋少琰拍了拍他的肩，“我真的没有嫌弃你做的菜。我爷爷奶奶很好相处的，一定会喜欢懂事的晚辈，你不要有压力。”

汪哲用力地点了点头，轻轻“嗯”了一声。

之后，在蒋少琰的要求下，汪哲终于又做了一次夹着煎蛋的三明治，煎蛋是溏心的。

除夕当天一大早，两人拎着大包小包一同打车去蒋少琰的爷爷奶奶家拜年。二老住在郊区的小洋房里，绿化面积大，空气也清新，很适合养老。

蒋少琰提前打电话说了要来过年的事，车刚进小区，他就远远看见二老等在家门口。他下了车，立刻先走过去问候了爷爷奶奶。几个月没见，他们依然老当益壮，精神得很。蒋少琰这才放下心来，转身回去帮汪哲拿后备厢里的东西，领着他走到自家爷爷奶奶面前。

“这就是我跟你们说的，我室友，汪哲。”

汪哲身体笔直，立在原地，紧张地接受检阅。

“小汪长得真俊啊，今年多大了？”蒋爷爷笑眯眯地问。

“二……二十。”汪哲说完，心虚地看了蒋少琰一眼，他报的是虚岁。

蒋少琰明白他那点小心思，帮衬道：“虽然他的年纪比我小，但在各方面都很照顾我，为人处世比他实际年龄成熟、稳重多了，是吧？”

"嗯，应该算是吧。"

"瞧，还这么谦虚。"蒋少琰拍了拍他的肩膀，然后招呼二老，"咱们进去吧，别在外面吹风了。"

几个人刚进大门，就听到"汪汪"两声吠叫，一条大金毛从屋子里甩着耳朵、摇着尾巴冲了出来，它似乎是嗅到了主人的气息。蒋少琰连忙放下手里的东西，蹲下身，被大狗扑了个满怀。

"傻狗，想我了？"蒋少琰宠溺地揉它的脑袋，又顺着滑溜的毛抚下去。金毛乖巧地蹭着主人的手心，一双明亮的黑眼睛含情脉脉。

汪哲看到这一幕也蹲下来："它好听话啊。"

奶奶笑道："那是，它可乖了，看到有陌生人来都会叫的。"

"是吗？"蒋少琰握着金毛的前爪，让它转向身边的汪哲，"傻狗，你怎么不冲他叫啊？是不是知道他是你的同类？"

"学长。"汪哲苦笑。

"我开玩笑的。"蒋少琰歪了歪身子，凑近他小声说，"你一点都不傻。"

"看到你这么对它，我才知道我之前确实误解了。"汪哲叹气。

蒋少琰以前喊他傻狗，真没半点瞧不起他的意思，相反，是在对他表示亲近，他却完全会错意了。

蒋少琰撞他的肩膀："没事，我的错，早知道就听罗永恒那家伙的话了。以后我会尽量改正，更尊重你的感受。"

大金毛又"汪"了两声，似乎在表达自己的不满。

午饭和晚饭汪哲都露了一手，昨天的炒菜练习没白花时间，蒋家爷爷奶奶对他的厨艺赞不绝口，连大金毛吃剩肉都吃得特别香。

吃完晚饭，一家子在客厅看了一会儿晚会。上了年纪的二老早早地犯困了，蒋少琰把爷爷奶奶送去房间休息后，又回来往沙发上一躺。

“小可爱，过来。”他朝窝在一边打情骂俏的两只布偶猫唤了一声，两只猫立刻听话地跳到了沙发上，蹭主人的手。

两只猫察觉屋里有外人，软绵绵地“喵”了声，又舔舔他的手背。

“我家猫可爱吧？这只叫可可，这只叫爱爱。”蒋少琰的起名方式相当简单粗暴。

汪哲轻笑：“它们很可爱，毕竟有你这样的主人。”

“啧，晚饭糖放多了吧，你的嘴这么甜？以前我怎么不见你这么能说呢？”

“以前我觉得说太多不合适。”汪哲犹豫了一下。

蒋少琰最见不得他露出这样的神情：“来，趁今天我们好好算算旧账。你之前到底从哪儿看出来我是勉强觉得你可以的？我明明该说的都说了，这还不够吗？”

汪哲也明白自己误会了，弱弱地说：“我本来也以为是这样。可后来我听说邹锐的事，就以为你是被逼无奈才那么做的。”

“我哪有！那天姚意来找碴儿的时候，我不是说得清清楚楚吗？”

汪哲惊讶地瞪大眼睛：“原来学长说的是我啊？”

“不然还能是谁？你以为是邹锐？我的天，那我后来那么问你，这总没得说了吧？”

“你当时没有说得很清楚……”

蒋少琰彻底无语，敢情自己这几个月的苦心都喂了狗，不，根本没喂到这条傻狗。

第十三章 意外

Shao Shuo Ji Ju

一个月的寒假说长不长，说短不短。蒋少琰在汪哲家住了三个星期，最后一个星期还是回了家，陪自家出差回来孤苦寂寞的老父亲去了。

开学后，回公寓的第一天，他还在路上，汪哲就已经发信息说把公寓打扫干净了，贴心依旧。

当晚，一个多月没见的柳函和晓晓等人约他出去吃火锅，特意嘱咐可以带上汪哲。

蒋少琰看到信息后嗤笑一声，遂了他们的愿，大大方方地带着汪哲去了。

两人一进店门，柳函就眼尖地看到了他俩，挥着手喊：“少……琰宝，过来坐。”

蒋少琰磨了磨牙，虽然这家伙好歹还算记得自己的话，可这称呼实在太欠扁。他走过去就给了柳函一拳头：“你再叫一遍试试。”

柳函忍着痛，连忙躲到晓晓身边：“不然呢，除了‘少琰’

还能叫啥？我才不要叫你琰哥。我是一个有骨气的人，绝不屈服于你的威胁。”

蒋少琰捏了捏拳头：“我好久没揍人了，要是手下没个轻重，把你揍死了，可别怪我。”

柳函一哆嗦：“晓晓救我！汪哲救我！”

汪哲笑着拉了拉他的手臂：“学长，我觉得琰宝挺可爱的呀。他为什么这么叫你？”

蒋少琰心里一动，无意道：“因为我爸叫我‘宝贝’，被这家伙听到了。只有我最亲近的人才这么叫我。”

汪哲简简单单地“哦”了一声表示懂了。

柳函最终侥幸逃脱了挨揍的命运。他们点了鸳鸯锅，蒋少琰来的时候，辣锅已经煮沸了，香气四溢。等他一落座，彼此间的距离近了，旁边的晓晓立刻察觉了身边人的变化。

“琰琰，你不对劲哦，什么时候和小汪同学这么形影不离了？”晓晓压低声音道，朝蒋少琰挤眉弄眼。

蒋少琰头大，怎么什么乱七八糟的称呼都出来了？

“能有什么不对劲，他在我过敏症发作的时候帮了我，自然就更亲近了。”蒋少琰夹了一筷子肥羊，脸不红心不跳地说。

“天哪，你靠小汪熬过了这一次的过敏？”晓晓小声惊呼，“他能保护你？”

“他强得很，你别小看他。”

“真的假的……”晓晓显然不信。

汪哲注意到这边的动静，凑过来问：“学长，你想吃什么？

我给你夹。”

“不用。”蒋少琰夹了一块肉放进他碗里，“你多吃点，前段时间我承蒙你照顾了。”

汪哲一愣，继而脸红道：“应……应该的……”

这顿饭吃完，与蒋少琰熟稔的朋友基本知道他是真的把汪哲当自己人了。

周三晚上，蒋少琰收拾了课本，与汪哲一同去上公共选修课。课程上学期就选好了，汪哲承认自己是故意和他选的同一门课，他对汪哲这些小心思还挺受用。这么一来，他总算实现了大一学弟与大三学长一起上课的心愿。

可他们到了大教室，发现还有另一个认识的人也选了这门课程。

蒋少琰本打算视若无睹，直接走过去，却被对方叫住了。

“蒋少琰！”姚意咬牙切齿地指着汪哲道，“看看他做的好事，邹锐的脸肿了好几天！”

蒋少琰的手拢在耳边，假装听不清：“啊？你说什么？汪哲把邹锐揍得鼻青脸肿？怎么可能呢，你不是说汪哲最弱了吗？如果他都能把邹锐揍了，那邹锐岂不是宇宙无敌弱了？”

汪哲忍笑忍得很辛苦，旁边几个离得近的学生听见了，也捂着嘴，肩膀不住颤抖。

姚意脸一阵红一阵青：“你等着，我不会放过你的！”说罢，他气得摔门而去。

“这是什么老掉牙的台词？”蒋少琰一脸不屑，“一会儿我去跟老师说一声，有人第一节课就逃课。”

汪哲一脸崇拜：“学长连吵架都这么厉害。”

“应该说除了打架，吵架是我引以为傲的第二项技能。”蒋少琰颇为得意，转念一想方才姚意的话，道，“姚意不是省油的灯，我怀疑上次害你摔下楼梯的就是这家伙，最近你当心点。”

汪哲立刻神色紧张：“姚意会伤害你吗？”

“没事，姚意不能把我怎么样。”

但汪哲还是很担心，一直到下课回了公寓还在说这事儿。蒋少琰倒是无所畏惧，姚意这种弱不禁风的人，能掀起什么风浪来？自己一只手就能制服了。

除了一门共同的选修课，两人的课程安排时间仍凑不到一起。蒋少琰课少，空闲时间多，当即拍案决定每天等汪哲一起吃晚饭。

这天，汪哲下午的最后一节课是体育课，他恰好没事，便提前去了操场，想练练球，顺便看看汪哲在做什么。

蒋少琰刚走到操场边上，就听里面传来一阵欢呼喝彩。蒋少琰脚步一停，透过外围的铁丝网向里望去，只见一处篮球架下围着不少人，两个身影在人群的中心奔跑交错，其中一个可不就是汪哲吗，而另一个身影居然是邹锐。

蒋少琰眯起了眼睛，站在原地远远地观察。刚才的欢呼显然是给邹锐的，他脸上出了许多汗，透出疲惫，可仍旧笑得很得意，还耀武扬威般朝周围人比了比自己手臂的肌肉。

反观一旁的汪哲，神情有些沮丧，可他略带混血感的脸庞在阳光的照射下轮廓分明，头发因奔跑而凌乱，竟生出几分张扬野性的魅力，叫人难以从他过于俊美的脸上挪开视线。

蒋少琰在心里“啧”了一声，心想再过个一两年，T大风云榜顶尖的位置恐怕就要易主了。他不动声色地进了操场，慢慢挪到人群后面。

“服了吗？还比吗？”邹锐嘲笑道，“你打成这副鸟样，还敢跟我比！”

汪哲沉默着，他班上的一些同学却按捺不住了，不服气地朝邹锐嚷：“他本来就不太会打篮球，你跟他比这个不是故意欺负他吗？”

邹锐冷笑道：“那他大可不比啊，我逼着他答应了吗？”

蒋少琰看了眼篮球场上的计分表，53∶7，还真是被虐得够惨的。

此时，不知道是谁发现了他，大喊了声“琰哥！”刹那间围观的人群一阵骚动，几秒后所有人的目光都聚集到他所在的位置。

他有种聚光灯打在自己身上的感觉。

蒋少琰眼见躲不下去，坦然走到了场中央。他耳边尽是周围人的窃窃私语，他毫不在乎，来到汪哲面前：“你打成这副样子，丢不丢人？寒假我教你的都忘了？”

汪哲原本挺拔的身形耷拉下来，尿兮兮地说：“学长，我努力了。”

蒋少琰自然知道。邹锐身为校篮球队的队长，去年还带队拿了市里比赛的冠军，实力在整个市的大学生里都是数一数二的。自己跟他打都未必能拿下多少分，更别提才碰过篮球没几次的汪哲了，能拿下七分已经算是进步神速了。

邹锐一脸轻蔑："努力多久都没用，这是天赋，没本事就忍着挨打吧。"

"说得对。"蒋少琰冷不防地说。

邹锐皱眉："蒋少琰，你是不是跟这傻瓜混得太久，也被带傻了？我在嘲笑他，你听不出来吗？"

"哎，原来你说的是他呀，我还以为你在说你呢。"蒋少琰一脸无辜道，"毕竟你寒假前不是被他揍得鼻青脸肿进医院了吗？'挨打'这两字不用来形容你，还能形容谁？"

汪哲闻言，忍不住扑哧笑了一声，立马憋了回去。一时间周围人压抑着音量，低笑声不绝于耳，显然许多人都已经听说了这回事。

邹锐恼羞成怒："你们够了没？"

周围安静了一瞬，蒋少琰却继续戳他的痛处："怎么，你没脸承认了？我第一次看到有人打架打不过，用篮球来扳回一局的。看来你挺有自知之明啊，知道比打架肯定会输，对不对？邹队长未免也太胆小懦弱了，被打趴一次就连再打一次的勇气都没了。汪哲输给你那么多次，还不是照样敢答应你的挑衅。"

"到底谁是废物，谁是尿包，我想大家都看得很清楚了。"蒋少琰耸耸肩。

在一旁围观的汪哲班上的同学们对他肃然起敬，甚至鼓起了掌："琰哥不愧是琰哥，牛！"

邹锐气得脸色发青："蒋少琰，我本来想给你留点面子，既然你给脸不要脸，就别怪我说话难听了。你这种暴力狂，也就只能和他那样的废物混在一起！"

汪哲脸色一沉："你说什么？"

蒋少琰连忙拦住他，上学期的事没闹大已经算走运了，要是他当着这么多人的面把邹锐揍得缺胳膊断腿儿了，就算他伯伯是校长也很难处理。

这时，旁边围观的人群里突然传来一道弱弱的声音："我……我觉得汪哲很帅！才不是废物呢！"

蒋少琰："嗯？"

这人一带头，又有几个人说："我也一直觉得他特别好看、特别温柔。"

"就是，他一点都不像那些自大的男生，对女生可尊重了。"

"我长这么大第一次见到像他这样的男生！"

蒋少琰捋起了袖子，看向一旁的人。

或许是他的神色太过凶神恶煞，人群立马安静了。

邹锐却接着火上浇油："我还没说完呢。我没记错的话，你的过敏症需要终生服药吧？还好我们闹翻了，不然我可伺候不起你。"

邹锐把这样的隐私拿到公开场合来嘲讽实在过于下作，一些学生听了都忍不住露出鄙夷的神色。

蒋少琰不怒反笑，抬手搭上了汪哲的肩，轻描淡写地回了他一句："你都用上'伺候'这词了，我不喊你一声乖儿子都对不起你这么孝顺。来，汪哲，你是我哥，也喊他一声乖儿子。"

四周寂静了一瞬。

随即围观群众轰然爆笑出声，心服口服道："以后惹谁都不能惹琰哥。真的，太可怕了，太可怕了。"

汪哲小声求饶："学长，别这么说。"

"我给你找回场子呢，你有什么不好意思的？"蒋少琰揉了揉他的脑袋，放开嗓子嚷道，"你们应该都知道我是什么样的人吧？能让我认可的人，没点真实力可不行。至于某些要靠不要脸的手段威胁我的人——"

他睨了邹锐一眼："不用我说，你们也知道是有多菜了吧？"

眼见周围人纷纷倒戈投来嫌弃的目光，邹锐气得脸涨成猪肝色，指着蒋少琰气急败坏道："你等着！我不会放过你们的！"说罢，他狠狠踹了一脚地上的篮球，仓皇而去。

蒋少琰嗤笑道："他连放狠话都和姚意一模一样，他俩其实是双胞胎吧？"

寒假一过，就意味着蒋少琰的生日快到了。

汪哲早就知道了具体日期，估摸着是想送个惊喜，可他实在撒不来谎，光是问"学长你最近想去哪儿玩呀"时，支支吾吾的样子和紧张的神色就已经完全出卖了他。

蒋少琰觉得好笑，也不戳破，随口报了本市几个著名的游玩景点，省得汪哲太折腾。

果不其然，两三天后，汪哲就说自己买了两张游乐园的门票，问他生日那天有没有空一起去。

他能没空吗？汪哲想为他庆生，哪怕创意土到掉渣，哪怕这游乐园就在自己家门口，自己小时候已经去过无数次，也得奉陪到底啊。

于是蒋少琰非常精湛地演了一出“我好惊喜，你居然要给我过生日”的戏码。

接下来的后两天里汪哲心潮澎湃，搞得好像是他要过生日似的。蒋少琰瞧他这么兴奋，琢磨着这傻狗该不会当天想来点什么新奇玩法吧。

“学长，周六中午我们去这家店吃饭，可以吗？”

汪哲的话打断了他漫无边际的浮想，蒋少琰看了眼面前手机上显示的餐厅，还挺高档，人均七八百块。

“不用太贵，我们随便吃点。”

“那这几家呢？”汪哲又从收藏夹里翻出来一堆餐厅列表，问道。

“我回去再看，你先吃饭。”蒋少琰敲了敲桌子。

正值饭点，食堂里来来往往的都是学生。虽说他俩的事在学校论坛都不算什么新闻了，但仍有不少人对他们这一个组合充满好奇，路过时总要偷偷瞥上两眼。

汪哲对此似乎免疫了，完全不在乎别人探究的目光，兴冲冲地讨论出去游玩那天的行程安排。

蒋少琰对此很满意，但又有一点怀念汪哲以前局促的样子，总忍不住想逗他：“哎，你盘子里的鸡腿不错啊，给我尝一口。”

汪哲一愣：“学长，你刚才不是说不要吗？那我再去给你打一份吧。”

蒋少琰忙拦下他：“别，我就想尝一小口，把你的给我。”

坐在四周的其他学生不禁朝汪哲投去同情的眼神。果然要和校霸走得近不容易，连吃饭都要被欺负。

汪哲倒没多想，直接夹起自己餐盘里仅有的一只鸡腿，放进蒋少琰的餐盘里，眉眼弯起来：“那你多吃点，不够我再去买。”

围观群众：行吧，一个愿打，一个愿挨，打扰了。

蒋少琰冷眼扫视周围一众假装吃饭的学生。他表现得够明白了吧？看看还有哪些不自量力的人敢欺负汪哲！

周六就是蒋少琰的生日，为了方便出行，他俩周五晚上便没回家，一同留在了宿舍。蒋少琰打电话向他爸知会了一声，换来他爸声泪俱下的控诉：“你就这么不要爸爸了，呜——我怎么养了你这个白眼狼？”

汪哲在一旁听着免提电话，一下就紧张了，小声道：“啊，那要不学长你回家和你爸爸过吧？”

蒋少琰狠狠瞪了他一眼，朝电话里说：“爸，你这周不是要去参加论坛会议吗，本来就没时间陪我吧？”

蒋父一噎：“你怎么知道？”

“呵呵。”蒋少琰冷笑道，“前两个礼拜你就说了，我看你是压根儿忘了我生日吧？”

“怎么可能！宝贝，我……”

“行了，你就说同不同意吧，这是你挽回我们亲情的最后机会了。”

“好的，你去吧。”蒋父心虚道。

挂了电话，汪哲仍担心着：“真的没关系吗？我好像太欠考虑了，生日还是和家人过比较好吧？”

蒋少琰皱眉凶狠道：“你说什么呢，你计划了这么久，说不过就不过了？有没有一点原则性？”

汪哲被训得低下头：“对不起，学长，你别生气。”

“咚咚！”有人敲了两下公寓的门。

汪哲和蒋少琰都没有起身。

宿舍外的学生似乎听到了里面的动静，知道有人，便大声喊道：“琰哥在吗？教务主任让你去一趟她办公室，说是有事找你。”

蒋少琰听到姑妈找自己，朝门外的人喊：“你谁啊？她找我怎么不打我电话？”

“我是楼上公寓的，刚从教务主任那儿回来，她让我顺便喊你一声。”

“行，我知道了，谢了。”

汪哲立刻道：“你快去吧，别让沈主任等急了。”

“你急什么，她是我姑妈，能把我怎么样？”蒋少琰这么说着，还是起身了，“这么晚了能有什么事，估计她是问我过敏症怎么样了。她和我爸就爱操心我的事。”

汪哲贴心地替他拿来了外套："他们也是关心你。"

"以前他们这样很正常，可现在不是有你帮他们盯着我了吗？"蒋少琰眨眨眼。

汪哲点点头："嗯，你早点回来。"

蒋少琰笑道："明天去我家，有奖励。"

蒋少琰出了宿舍大楼的门，一路往教学楼走。这会儿已经九点多了，大部分学生回家的回家，出去浪的出去浪，像他们俩这样周五晚上还老老实实待在学校里的，实在是少数。

蒋少琰路过操场的时候，透过铁丝网能依稀看到两三个学生在打球。他百无聊赖，边走边看，注意力全在操场方向，丝毫没注意到一旁的绿化带。

当他听见异响时，敏锐地转过头查看，可惜还是迟了一步。

他刚瞥见一道人影，脖子就突然一阵剧痛，随即眼前一片漆黑，失去了所有知觉。

蒋少琰醒来时，四周一片漆黑。他稍稍转了转酸痛无比的脖颈。突然，强烈的白炽灯光线刺入眼里，他紧闭上眼，缓了几秒才慢慢睁开，同时也看见了面前的四个人。

这四个人里自己唯一认识的是姚意，对方拿着一个布袋，显然是刚刚套在自己头上隔绝光线的那玩意儿。

"嗨。"蒋少琰打了个招呼，随即发现双手被捆住了。

"哟，你喜欢玩这种啊？"

姚意气结："蒋少琰，你也就现在得意，等下看你怎么哭着求我！"

"你想多了，我出门前跟汪哲说了。我这么久不回去，估计他正找我呢。"

蒋少琰一边扯着嘴皮子与对方周旋，一边冷静分析自己的处境。

这个地方应该是学校摆放杂物的仓库，位置偏僻，很少有人来。面前四人除了姚意，浑身都透着混混气质。自己要是没被绑着手，估计能解决两个，但被绑着的话，一个都有点够呛。

姚意冷笑道："你放心，等那个废物找过来，你早就被揍得鼻青脸肿了。"

姚意说完，便朝一旁的三个男生恶狠狠道："给我教训这家伙！"

一个男生立刻上前，挥拳欲下手，蒋少琰嗤笑一声，抬腿朝他下身重要部位精准一踹。

"啊！"那五大三粗的男生顿时惨叫着，倒在地上打滚，其他两人一时都有些傻眼。

一人先反应过来，恼怒地绕到他背后，按住了他，另一人则继续起刚刚同伴未完成的举动，照着他的脸来了一拳。

蒋少琰这一次没能躲开，被拳头砸得直接从椅子上摔到了地上。

仓库久未清理，地上积了厚厚一层灰，他被扬起的灰尘呛了几口，只觉鼻子里黏糊糊的，紧接着鲜红的鼻血就流了出来，滴落到地上。

"行啊，我很久没见过自己的血了。"蒋少琰不怒反笑，笑得格外森冷，眼里似乎染上了血光，“你们这帮人，今天不让我揍个尽兴，别想回去。”

姚意被蒋少琰的眼神吓得一缩，不过地上那个男生此刻又爬起来了，而且手被绑着的蒋少琰不可能打得过三个，姚意便又挺着胸膛站了出来：“继续打！”

不用他说，三个男生经过刚才那一段都憋着火，尤其是被踢中要害的那个，冲上去就要揍人。

蒋少琰迅速从地上站了起来，凭着多年干架的功力和经验，身手矫健灵活，躲避防守，见到空隙就踹人，凭着两条长腿一时竟也没落下风。

可他终究是被捆了手，面对三个身强体壮的男生的轮番进攻，几个回合下来，劣势逐渐显露了出来。

终于，当一个男生拿出棍子从背后偷袭时，蒋少琰没防住，腿弯被砸了一闷棍，腿一软跪倒在了地上。

瞬间，拳头如雨点般不断落在蒋少琰身上，他只发出了一声闷哼，便没了动静。

姚意见状，紧张道：“行了行了，差不多可以了，走吧。”他原本只想让蒋少琰吃点苦头罢了，以此来告诫对方别再招惹自己和邹锐，并不想捅出什么大娄子。

可谁知那几个男生火气上了头，怒道：“这人这么嚣张，今天非把人揍服了！”

这时，另一个男生看见倒在地上的蒋少琰，突然邪笑道：“或者用别的方式。”

姚意悚然道：“我跟你们说的是揍人，别想做其他事，否则我不给你们钱了。”

那个男生充耳不闻：“大不了钱不要了。这人本来就是欠打的玩意儿，装什么装！”

另两个男生听了，也立马同意。

“不行，你们不能动这人！”姚意万万没想到，自己有一天居然会挡在蒋少琰前面。

几个男生不满地皱眉：“你不是讨厌这人吗？挡什么路，你小心我们连你一起揍。”

姚意吓出一身冷汗，可自己实在没办法眼睁睁看着蒋少琰被这些人做出更过分的事，一时间无措又害怕地站在原地，不知道该做什么才能阻止这群疯子。

突然，一只手搭上姚意的肩膀。

“呵……没想到你这么仗义。”

姚意耳边传来低笑声，愣然转头，只见蒋少琰费劲地站起了身，脸上又是灰又是血，脏兮兮的，可眼神亮得灼人，透着仿佛不把一切放在眼里的倨傲。

姚意愣神了一瞬。

蒋少琰已然松开了手，活动了一下手腕，骨节按得嘎吱作响。姚意这才发现他手上绑着的绳子已不见踪影。

几个男生也很吃惊：“你怎么解开绳子的？”

“趁……呵呵，趁你们揍我的时候啊，不然你们以为我会乖乖躺着被你们揍？”

“解开也没用。”一个男生笑着说，“一会儿我拿皮带把你手脚都捆起来，让你哭着求饶。”

蒋少琰勾起浮现瘀青的嘴角，笑了笑。

“你做梦吧。”

已经十点多了，汪哲放下手机，莫名生出一丝焦躁。

距离蒋少琰出门已经近一个小时，教学楼离得不远，怎么去了这么久？难道是教务主任有很多事说？

而且蒋少琰连手机都没带，没办法联系上。

汪哲只能干坐着，又等了一会儿，心里却隐隐升起一丝不祥的预感。之前学长似乎说过要当心那个叫姚意的人，而且还为了自己和邹锐吵了一架。

他想到这儿，实在坐不住了。不管怎样，他先去教学楼看看好了，要是没事最好不过，就当去接学长回来。

于是他站起身，穿上外套出了门。

五分钟后，汪哲如疾风般冲出教学楼，太阳穴狂跳。

教学楼的保安说，教务主任早就下班回家了，蒋少琰也没来过。

他立即撒开腿狂奔，从综合楼找到体育馆，从图书馆跑向小公寓楼。当他满头大汗地回到公寓，发现蒋少琰仍没回来时，心脏仿佛都不会跳动了。

他把人弄丢了，把他一直珍视的学长弄丢了。

他抱着一线希望打电话给柳函，电话一接通便问道：“少琰和你在一起吗？”

或许蒋少琰是半途遇到了同学，去哪里玩乐了。

可惜柳函没能给他期待中的回答。

“没有啊，怎么了？”

“那我再打给罗永恒吧。”

“哎，等等。”柳函在他挂断电话前出声道，“罗永恒也在我这儿呢。我、他、许倩，还有晓晓都在外边看电影呢。之前我们喊了少琰，但少琰说不来。少琰现在没跟你待在一起吗？”

汪哲焦急道：“没有，学长被人叫去教务主任那儿，一个多小时了还没回来。我去教学楼问，保安说学长根本没去，我怕学长出事。”

柳函立即严肃起来：“你先别慌，少琰那么强，不会出事的。”

“学长再强也只是一个人。”汪哲头一次没有肯定蒋少琰的优点，“我再去调一下校门口的监控，学长可能出学校了。”

柳函忙道：“那我们这就回。”

然而电话已经被焦急的汪哲挂断了。

他转身朝公寓外狂奔，每一次呼吸都觉得心脏被冷风刺得生疼。

蒋少琰根本没大家想的那么强。就算他比一般人身板结实，武力值高，能一个打赢两个又怎么样？归根结底，他依然是肉做的人，不是铁打的。

只不过是因为家里就只有一个长辈，蒋少琰不得不挑起重担，不得不学会打架防身，不得不用强硬的外壳保护自己。

若非如此，他原本可以做一朵温室里的花，受人保护、享受宠爱。

即便他像现在这样成了人人敬而远之的“琰哥”，内心也有柔软脆弱而不自知的地方。他倘若真的无坚不摧、高傲冷酷，又怎么会被一个第一次见面的学弟说两句就心软了呢？

所以即使邹锐并没有多真诚，只不过示了点好，他也觉得够了，而后一被真诚相待，就忙不迭地认为这个人是自己可以交心的朋友。

他的内心明明渴望被重视，面对自己认可的人时也会慌张，经历严重过敏时也会害怕，但从小就养成的要强性格使他不会轻易外露这些情绪，通通忍耐在心里，以强者的姿态自居。

哪怕知道了自己的室友并不弱之后，一旦觉得有危险，蒋少琰首先想到的不是自己，也没有寻求保护，反倒提醒比自己更强的他要当心。

汪哲想到这里，心脏已经疼得发颤了，可他还是悲观地去想，如果蒋少琰没认识他会怎么样。

还能怎么样，无非就是被强行打破那层硬壳，揪出脆弱的内在，任人欺辱吧。

那么骄傲的一个人，绝对不能遭受这种对待。

不管蒋少琰有没有出事，出了事能不能自己解决，都不是他要考虑的。他所要做的是找到蒋少琰，陪在那人身边，并告诉那人：你可以不用那么坚强，有些事我也可以帮你一起分担。

十点多，天空黑沉沉的，校园里已无多少学生走动，只有孤单的路灯打下的昏黄灯光照亮了前行的道路。汪哲焦急地在大道上疾奔，突然看到迎面跑来一个人。

等距离近了，他再一看，居然是姚意。

他立即冲上去，一把揪过姚意的衣领，正欲质问，红着眼快要哭出来的姚意倒先开口了，语气急促慌乱："你快去仓库！蒋少琰在那儿！"

汪哲的瞳孔猛地一缩。

他没时间询问更多，直接朝学校仓库的方向拼了命狂奔，一下把姚意远远甩在身后。

深夜的校园相当安静，显得仓库里隐约传来的嘈杂声格外明显。

当汪哲冲至离仓库百米的地方，就听见了动静，等到了门口，他立即用力拉开铁门，率先入眼的是在仓库中央厮打的几道身影。

蒋少琰是其中最吓人的一个。

他满脸是混着灰的鲜血，一条手臂紧紧锁住一人的脖子，死命咬着对方肩上的肉，齿间甚至渗出了血。被咬的那人惨叫不断，另外两人拿着棍子慌忙往他背上招呼。可他纹丝不动，额头的鲜血流过眼角进了眼睛，他不得不眯起一只眼，可另一只眼里的凶狠、暴戾震慑得人胆战。

这完全是不要命的架势。

汪哲开门的瞬间，蒋少琰就看见了他，心里终于松了一口气，所有狠劲和力气顿时卸去了。

蒋少琰想埋怨一声"你怎么才来，我好痛"，可喉头被腥甜堵住，什么都说不出来，眼前的景物越发模糊不清。他想抬手擦掉脸上的血和灰，好让自己不那么狼狈，可手也抬不起来。

对了，自己的左手刚刚好像被打折了。

他眼前彻底一黑，身体似乎重重撞上了坚硬的水泥地，可他一点痛都感觉不到了。

第十四章 和解

Shao Shuo Ji Ju

蒋少琰耳边隐隐传来叽叽喳喳的鸟鸣声，呼吸间萦绕着一股淡淡的消毒水的气味。

他缓缓睁开眼，入眼的便是一片白色：白色天花板、白色的墙、白色床单和穿着白衬衣的人。

他想伸手推一推趴在病床边睡着的汪哲，这才发现左手臂绑着白色的石膏。

“嗯。”

喉咙不知怎么有点干，蒋少琰咽了几口唾沫才好些，正欲再叫唤一声，汪哲却因这轻微的动静猛然抬起了头，眼眶泛红，眼圈发黑，眼里尽是红血丝。

“学长，你感觉怎么样？”他连忙凑过来，“我去叫医生过来看看。”

蒋少琰喊住他：“别走，咯咯。”

“好好，我不走，你别急，慢慢说。”

蒋少琰看着他一脸紧张、焦急的样子，忍不住低笑，虽然扯到受伤的嘴角有点疼："你别慌，我没事，这不好好的吗？"

"可你的手……"

"断条胳膊而已，又不是头一回了，你别担心。"蒋少琰得意地扬起嘴角，"三个人都没打赢我，算是破我自己的纪录了。"

汪哲勉强露出一丝笑容："嗯，学长好厉害。"可说着说着笑容就垮了下去，眼眶更红了。

"医生说你背上再挨几下，脊椎就断了，会瘫痪。"他的声音微颤，"对不起，是我没保护好你。"

"谁要你保护了？"蒋少琰用没受伤的手拍拍他的脑袋，"我可以保护好自己。你最后不也赶到了吗？别自责。"

汪哲摇摇头："就是我的错，我以后绝对绝对不会再让你受伤了……但是——"

他话锋一转："万一以后你又遇到这种事，别硬拼好吗？想想其他办法，拖延一下，我一定会来保护你的，或者服个软也行。我真的怕你出事。"

"我才不会服软。"蒋少琰斩钉截铁道。

汪哲僵了一瞬，吸了几下鼻子："其他事都好说，但这件事你就别跟我犟了，行不行？"

"不行。我还能打，凭什么服软？我从来没对哪个混蛋服软过。"

汪哲急了："这种情况下人身安全最重要，你不要意气用事。"

蒋少琰瞪大眼睛：“我意气用事？我宁死不屈，你还责怪我？”

“我只是想让你注意安全，没有责怪你的意思。”

“我看你就是这个意思。”蒋少琰气冲冲道，“下次再遇到这种事，我还是会这么干。你别说了，我不想理你，哼！”

他语气中故意带了点示弱的意味，原以为汪哲听了肯定会顺着自己的意思来，如同往常一样。这招屡试不爽。

可汪哲竟然生气了。

“那我也不理你了。在你记住教训之前，我……我不和你讲话了。”汪哲一本正经地看着他说。

蒋少琰失笑道：“什么？”

反了天了，傻狗居然敢威胁人了。

“从现在开始。”今天，汪哲异常倔强，说不理自己，就真的沉着脸走出了病房。

蒋少琰彻底傻眼了。

自己是还没醒吗，做了一个汪哲变得强硬霸道的梦？

之后一整天，汪哲果然恪守承诺，没和他讲一句话，沉默地端茶送饭，让做什么就做什么，一点都不含糊，除了板着脸不发声之外，与平日并无不同。

其间，来了不少人探望他，沈咏梅、柳函、晓晓、罗永恒……不过最让蒋少琰意外的探访者还是那个造成自己如今这般惨样的罪魁祸首。

“你还敢来？”他问眼前这人。

姚意的脸肿得老高，眼睛也哭成了一条缝，虽然不情不愿，但是老老实实道了歉：“对不起，我没想到会变成这样。我只是听说你又给邹锐难堪，想教训你一下而已。”

“哦？那邹锐知不知道这件事？”

“他不知道，”姚意急忙道，“都是我一个人的主意。但他现在知道了，怕被我拖累一起记大过，所以让我以后离他远一点。”

“你还真是向着他，都这样了还帮他澄清。”蒋少琰看着面前垂头哀戚的姚意，笑得恶劣，“你这叫自作自受。”

姚意怒目以对：“蒋少琰！”

“干吗，你还想让我安慰你？你醒醒吧，旧仇我还没忘呢。那次在楼梯间泼油的人，是你吧？”

姚意干脆全承认了：“是。原本我想让你摔伤，谁知道阴错阳差牵连了汪哲。”

蒋少琰目光冰冷地盯着他，一时没作声。姚意被盯得直冒虚汗，音量低了下去：“我也不是没反省过好吗，可谁让你这么讨人厌。”

“行吧。”蒋少琰突然笑了，“反正你揍也挨了，过也记了，看在你挺身保护我，帮我搬救兵的分上，我先不计较了。”

姚意愣住了：“你这么轻易就原谅我了？是我叫人来打你的。要不是我，也不会发生这些事。”

“原谅你？你想得倒美。我说的是‘先不计较’好吗？我这副样子难道还能跳起来揍你？”蒋少琰指了指自己手臂上的石膏，“而且我现在有其他烦心事，没工夫报复你。”

姚意试探着问：“是关于汪哲的事吗？”

“你怎么知道？”

“我一看就看出来了好吗？”姚意无语。平时蒋少琰走到哪儿汪哲就跟到哪儿，总是一脸傻笑，可方才他见到汪哲，汪哲在蒋少琰面前居然一声不吭。

“肯定是你又欺负他了，对吗？”

蒋少琰不服气了：“你怎么说话呢？就不能是他欺负我吗？”

姚意嫌弃道：“谁欺负得了你，三个人都镇不住你。”

蒋少琰颇为得意地哼哼。

姚意想了想，还是决定为自己伤害过的无辜汪哲说几句公道话：“你应该对他好点，他快自责死了。那天他看见你的样子，简直发了狂，直接把那仨流氓吓跪了。我被吓得在门口动都动不了，壮着胆子凑过去，劝他赶紧先送你去医院，否则他能把人揍死。真的，太吓人了，他那副残暴、凶狠的样子可能会成为我毕生的阴影。”

蒋少琰皱起眉头。又让汪哲为自己动了一次手。

“所以你的伤也是他打的？”

姚意摸摸自己肿胀的脸颊：“是啊，我劝架的时候被殃及了。但比起那几个人，这点程度简直像抚摸了。”

“滚！你这都是什么形容词。”蒋少琰一脸恶心，“说起来，那些人呢？”

“在另一家医院。他们先是被你拳打嘴咬，又被汪哲揍了一顿，比你惨多了，断了好几根骨头，还有点脑震荡。而且我们报了警，仓库有监控，他们估计会被判几年。”

蒋少琰听后点点头："没你的事了，出去吧，把汪哲叫进来。"

姚意道："你当我是你下人啊？"

"你把我害成这样，传句话怎么了？小心我向警察举报你这个始作俑者。"蒋少琰斜斜地躺在病床上，笑得痞气，"乖，给我做事去。"

姚意怒骂道："我就该多叫几个流氓揍死你！"话虽这么说，姚意还是走出病房把汪哲叫了进来。

"祝你早日跟他闹翻！"姚意狠狠撂下话，摔门而去。

蒋少琰哼笑道："你开什么玩笑，也不看看汪哲多崇拜我。"他朝汪哲抬了抬下巴，"是吗？"

汪哲点点头，却没有说话。

蒋少琰一脸不悦："够了吧？都一天了，你还想跟我闹多久别扭啊？"

汪哲终于开口："那你以后还不拿自己人身安全当回事吗？"

"我哪里不当回事了？你少来训我。"

汪哲又不说话了，褐绿的眼眸静静地看着他，无声传达着自己绝不妥协的态度。

蒋少琰简直烦躁："你有本事就一直这么当哑巴，我看你能忍到什么时候。"

汪哲一脸严肃，俯身过去，帮他摆好乱动的胳膊，然后说："我能从初一忍到大一，现在也肯定比你忍得久。"

汪哲果然说到做到，直至一个月过去，蒋少琰大伤小伤痊愈，拆了石膏出院，他都没恢复以往热切积极的样子，除了必要的交谈，几乎不说任何话。

住院期间，幸亏有同学每日送来学校的上课笔记和作业，蒋少琰才没落下学业，不需要重修科目。

出院当天，一群人前呼后拥送蒋少琰回学校，连工作忙到飞起的蒋父都特意请了一天假。

“爸，你不用来的，你都请了快半个月的假了吧？”蒋少琰道。

蒋父一脸愧疚：“我就是太忙于工作了，才会让你发生这种事。如果那天我不去出差，让你回家，你就不会……”

“跟你没关系，就算我回家，也可能在路上被堵。再说了，我这不是没事吗，多亏了他。”蒋少琰说着，拉了拉汪哲。

汪哲却说：“叔叔，是我没保护好少琰，要怪就怪我吧。”

蒋少琰瞪他：“怪你干吗？”

汪哲不看他，继续说：“都是我的错，少琰不仅生日没过成，还受了伤，我真的没用。”

蒋父忙道：“这怎么能怪你呢，我谢你还来不及，多谢你救了我家宝贝。”

汪哲摇摇头：“我能救到人，完全是因为少琰太厉害，一个人撑了那么久。”

蒋少琰不免得意：“是啊，我强得很，再来几个都不怕。”蒋少琰刚说完这话，突然察觉到汪哲拉开了和自己的距离。

啧，他还在闹别扭呢！

蒋少琰头大，当着家人的面又不好表现出他们之间有矛盾，只能忍气吞声到学校。

回了公寓，蒋父和一众同学安顿好了人，便先行离开了。公寓一下从热闹回归安静，只剩下蒋少琰和汪哲两人。

蒋少琰看着面前的熟悉环境，想着那天晚上出去之后，自己居然过了一个月才回来。这段时间，汪哲除了上课，几乎在医院待着，连晚上睡觉都是在病房加床，可以说是寸步不离，然而公寓依然干净整洁、一尘不染，显然是他之前回来打扫过了。

啧，他真是能干得无可挑剔。

汪哲依然沉默地忙碌着，一会儿铺床，一会儿洗从医院带回来的脏衣服，就没停下休息过。蒋少琰想帮忙，都被他挡了回去。

“我已经好了，你看看。”蒋少琰捋起袖子让他看之前骨折的胳膊。在石膏里焐了一个月，皮肤似乎白了些。

汪哲：“……”

“衣服我来洗。你怎么连我的贴身衣服都拿去了？”

汪哲没说话，却仍固执地不肯把衣服给出去。

“行吧，那我收拾桌子去。”

蒋少琰百无聊赖地整理根本不需要整理的干净桌子，突然在汪哲书架上发现了一样眼熟的东西，抽出来一看，是那两张去游乐园的门票。

门票早就过期了，已是废票，夹在一本小册子里。蒋少琰翻开册子看了看，是一张游乐园的地图，上面做了不少笔记，包括游玩项目的路线规划、演出的场次、烟花秀开始的时间等。

他正看得投入，汪哲洗好衣服出来晾，见了他手里翻阅的东西，脚步一顿，闷闷地说了句："对不起。"

蒋少琰一愣，抬头看他："对不起什么？"

可汪哲又不说话了，脸上是掩饰不住的沮丧和失落，垂着脑袋去阳台晾衣服。

蒋少琰连忙跟上去："你不会还觉得这事是你的错吧？"

汪哲晾好衣服，低头看过来，目光沉重："我没保护好你，就是我的错。"

"既然是你的错，那你怎么还跟我闹别扭呢？"蒋少琰故意调笑。

"这是两码事。当时那种情况，你那样做一点错都没有。我只是希望你再多信任我一点，不要什么事都自己扛，不要觉得自己无敌，不需要人保护，遇到某些问题可以让我来帮你解决。"

"那要是你不在呢？"

"不会的。"汪哲郑重道，"没有这种可能。"

蒋少琰的语气软了下来："你让我考虑一下。先不说这个了，明天我们去游乐园玩，好不好？你做了这么多攻略，不能白费了啊。"

汪哲的眼睛亮了一瞬，但又马上微微皱眉。蒋少琰不给他拒绝的机会，追加了一个必杀理由："我也挺想去的，你陪我，行吗？"

汪哲果然犹豫了，思索了一会儿，终于点了点头。

第二天恰好是周六，两人简单收拾了一下就出门了。从游乐园到蒋少琰家就步行一会儿，他小时候都去厌了，如今时隔多年再来，倒也别有一番滋味。

来游玩的多数是带着孩子的大人，也有年轻小情侣。他们走在一起原本不奇怪，可其他人都是肩并肩，蒋少琰却是插着兜，大摇大摆地往前走，反倒是汪哲寸步不离地跟着他，加上他俩长得过分惹眼，回头率相当高。

蒋少琰不以为意，转头问汪哲："先去哪个？"

汪哲指着地图上标注的第一处路线，示意往那儿走。

"我都说了会考虑了，你还不跟我说话？"

汪哲摇头，态度非常坚定。

蒋少琰很无语。看来自己真得用点手段了，就不信自己治不了他。

他们沿着规划好的路线走，先去玩了"激流勇进"。圆形的橡皮艇从坡上俯冲而下，溅起的水花湿了大片衣服。所幸天气已回暖，等到他们玩完"飞空转椅"时，衣服差不多干了。

汪哲虽然嘴上不说，但拍照、排队、买饮料等杂活一样没落下，和众多小朋友坐上幼稚的旋转木马后，还在后方全程举着手机给前方的蒋少琰录像。

观看游乐园内的演出时，蒋少琰故意将手肘撑在他肩上，他没说什么，甚至调整了姿势让蒋少琰撑得更舒服一些。

蒋少琰在他看不见的地方勾起嘴角。

——看你能忍到什么时候。

由于线路规划合理，天还没彻底黑，他们比预想的早了一小时玩最后的固定项目——摩天轮。

舱门被关上，座舱缓缓升起，人群的喧闹逐渐远去，只剩高空中的风轻震着玻璃窗，发出些许声响。狭小的空间里只有他们两人，蒋少琰踢了踢汪哲的脚。

“喂，你什么时候理我啊？”

正在俯瞰风景的汪哲装作没听见，手指却动了动。

蒋少琰起身一步迈到汪哲那边，迫使他面对自己：“你再不理我，座舱可就下降了啊。”

汪哲终于憋不住开口，沉声道：“我为什么要理你？你还没答应我呢。”

不得了，小狼崽子好凶。

蒋少琰暗笑一声，故意说：“我就不答应，你能拿我怎么样啊？”

“你明知道我不能拿你怎么样。”汪哲又别过脸去，有点难过和委屈，“我只能看着你受伤，看着你倒下。阻止不了你下次还要那样硬拼，我能拿你怎么办？”

蒋少琰轻笑着凑过去：“你真生气啦？”

汪哲躲开了：“是，我很生气。就算你打我骂我，我也不会生气的。可你不珍惜自己，我很生气。所以我不会理你的，除非你答应我。”

蒋少琰冷哼一声，坐回原位。

“你翅膀硬了是吗？敢威胁我？”

汪哲身体一僵，抿紧唇不再说话。

蒋少琰接着道："昨天是谁说是他的错来着？结果一转眼又跟我生气。"

汪哲："……"

"我给你机会你不要，以为我喜欢理你？"蒋少琰冷眼望去，"以为我真把你当回事了？"

汪哲难以置信地睁大眼睛，几秒后，颤着声音问："你说什么？"

这时，他们所在的座舱降到了底部。

蒋少琰推开舱门就往外走，步伐飞速，汪哲跟过来，拦住了他。

"你之前说的话不算数了吗？学长，你没有骗我吧？"汪哲连连追问。

蒋少琰头也不回，任他跟着，两人就这么一路别扭着到了蒋家门口。

汪哲问了一路，仍没得到回答，一进门就把他扳过身来，问道："你告诉我啊！你为什么不说话啊？"

蒋少琰神情冷漠地看着他："你真觉得谁都可以当我身边的朋友？"

汪哲忽然怔住了。

"所以你现在知道这种得不到答复的感受了吗？"蒋少琰脸上开始露出笑意，"你把我晾了一个月，只许你生气，我就不能生气了？"

汪哲这才意识到自己又被戏弄了，松了一口气的同时心里依然难受。

“我再生气，也不会这样开玩笑的。”他转过身去，“我的感受就不是感受了吗？”

蒋少琰心一沉：完了，自己欺负过头了。

蒋少琰连忙道：“对不起，对不起，我就想气气你。你的想法对我来说很重要，特别重要！是我错了，你别生气，哥，别生气。”

这声“哥”一喊出来，汪哲的失落感就消了大半，可他仍板着脸不说话，压迫感十足。

蒋少琰绕到他前面，讨好地凑过去：“哥，我错了，我以后再也不硬拼了，你说什么就是什么，行不行？”

汪哲心再硬，也挡不住他罕见的撒娇语气，板了会儿脸就装不下去了，“勉为其难”地答应：“行，说过的话要算数，以后别硬拼，实在要硬拼……找我就是了，我……会一直站在你身边。”

第十五章 愿望

Shao Shuo Ji Ju

周末，两人待在家，哪儿也没去。到了晚上，两人简单地收拾了一下来时带的东西，就回了学校。

蒋少琰那晚以一己之力硬扛三个小混混的事早就传遍了T大校园，连外校的也听闻了这个传说，特意过来看看如此凶猛的狠人长什么样。蒋少琰一时在校园里风头无两，荣登T大论坛风云人物榜首。

与他一起在榜单上升排位的还有汪哲。那次事件之后，姚意被学校记了大过，留校察看，邹锐也连带着被训了话，他与蒋少琰的事通通被群众挖了出来。汪哲之前和他打的那一架也难逃八卦，许多人这才了解这个看似温顺的犬系男生竟如此不好惹。

学校论坛对汪哲的热议甚至超过了蒋少琰。

——我就说嘛，能和琰哥的人一起玩怎么可能会弱！

——这种又乖又凶的帅哥是真实存在的吗？我有点心动是怎么回事？

——反差实在太大了吧！不过他真的好帅啊！

——上次在篮球场我见过他撩起衣服擦汗，那肌肉令人迷醉。

——你们说琰哥和汪哲打起来谁会赢？我赌琰哥！

——真想知道和汪哲在一起是什么样的感觉。

——姐妹，穿件衣服吧。

……

蒋少琰翻着论坛评论，太阳穴青筋突突直跳，点开回复框，噼里啪啦打了一行字，点击了发送。

柳函在一边看着万分无语："咱能不能冷静点儿？"

"他们都这么热闹了，我为什么要冷静？"蒋少琰把手机往桌肚里一扔，眼神不善地看向柳函，"你让我看这些是什么意思？找骂呢？"

柳函欲哭无泪："我就是想跟你提个醒，你得敲打敲打他，别让他被拐去拜别的山头了。"

蒋少琰不屑道："他要是能被人撺掇走了，我把你的头拧下来给你。"

柳函忙道："别别别，这太凶残了。"过了一秒他才反应过来，"为什么是我的头？"

"谁让你乱说话！"蒋少琰白他一眼，倨傲地勾唇一笑，"他可崇拜我了，不可能被撺掇走，你没被人崇拜过，当然不懂。"

柳函怒道："你这是挑衅！蒋少琰，我告诉你，别太得意！"

“那个同学，嚷嚷什么呢？你给我站起来。”前方讲课的教授厉声喝道，“什么别太得意，我看你挺得意的，给我站一节课！”

下了课，为了补偿窘迫地站了一节课的柳函，蒋少琰大方地请他去吃饭。按课表来看，此时汪哲应该下课了，两人便往汪哲上课的教室走。

还没到教室，却远远看到汪哲正和一个女生在门口相谈甚欢。

那女生娇小玲珑，长得十分可爱，汪哲比她高了许多，低着头听她说话，脸上的笑容温柔且甜蜜。

“哟，那不是汪哲吗？”柳函朝那方向努了努嘴。

蒋少琰给了他肚子一肘子，他吃痛弯下腰：“为什么我总要被你伤害？”

蒋少琰没再继续听他叨叨，径直走向门口的两人。

“你们聊什么呢，这么开心？”蒋少琰看了看那女生，“同学，中午了，还不去吃饭吗？”

女生看见他，激动地“嗷”了一声，红着脸又看了看汪哲，兴奋道：“琰……琰哥，你们俩真的太酷了！我超级喜欢你们两个的，你们一定要加油干掉邹锐那个油腻男，登上T大男神的宝座哦！”

蒋少琰一愣，没想到是这么回事。

汪哲害羞地挠了挠头：“谢谢你的喜欢，我们会加油的。”他小心翼翼地瞟向蒋少琰，“对吧，学长？”

蒋少琰深呼吸一口气，换下方才的冷脸，搭上汪哲的肩膀，灿烂一笑："当然。"

周围还有许多来来往往的学生，不少人听见了这话，压着声音交头接耳。

那女生更为激动："我一定会去论坛里为你们盖楼的！今年T大的'最帅男神'投票你们一定要赢啊！"说完，她便羞怯地跑开了。

蒋少琰觉得莫名其妙："什么'最帅男神'投票？还有这种无聊的东西？"

柳函终于缓过来，走上前说："有啊，去年我和晓晓得了并列第三名，还有颁奖典礼呢。"

"听起来就很——"蒋少琰刚想说"蠢"，转头却看见汪哲一副若有所思的样子。

"怎么了？"

"没什么。"汪哲笑了笑，"要是能和学长一起拿到第一就好了，那样就说明大家都认为我跟你一样厉害了。"

蒋少琰看着他的微笑，心里一动："这种事，我们自己说了算，没必要在乎别人的看法。"

汪哲点点头："嗯，学长说得对。"

柳函也在一旁附和："就是嘛，管他第几名。"

蒋少琰拍拍他的肩："没错。"

当晚，好友群。

蒋少琰：这个网址点进去，给1号投票。

柳函：这不是"最帅男神"投票吗？你不是说无聊吗？

不是说不在乎吗？

蒋少琰：琰哥我能屈能伸，只要傻狗开心，管他无不无聊。

柳函：那你白天装什么清高，太不要脸了吧？

蒋少琰：这叫惊喜，你懂个屁！你们给我投票，每人每天只能投一票。缺账号找我要，我买了五百个。

晓晓：我的妈，哈哈哈！红红火火恍恍惚惚！

罗永恒：琰哥，其实没必要，你俩已经是并列第一了。

蒋少琰：还有一个月才截止，第二名只和我们差三百多票，我怕被反超。话说这第二名是哪个系的？我怎么都没听说过？

许倩：是新闻系的同学，上个月在校园新闻直播节目上出名的……你在住院，所以不知道……反正火了一阵……当然没你俩火。

蒋少琰：新闻系，我知道了。

许倩：少琰，你想干吗？我怎么有种不祥的预感。

蒋少琰：你想什么呢，我就随口问问。

“学长，吃樱桃吗？”突然，汪哲的声音从背后传了过来，蒋少琰连忙放下手机，不让他看到聊天记录，转身看向他。

汪哲刚洗完一碗樱桃，放到他这边的桌上，抽了一张凳子坐下，笑着问：“你吃樱桃吗？挺甜的。”

蒋少琰捏起新鲜的绿柄，拿了一颗熟透暗红的樱桃看了几秒，突然想到什么，便说：“你知道吗，据说有的人能用舌头把樱桃柄打结，你试试？”

“我不行的。”汪哲没什么信心，却还是听话地拿了一颗樱桃放进嘴里，别扭地试了半天都没成功。

傻狗有点沮丧："这是不是说明我的舌头很不灵活？"

蒋少琰把自己那颗樱桃直接吃了，吐了核，说："还行，可以再多练练。"

最近有一届社团文化节，从白天一直持续到晚上。汪哲所在的天文社也报名参加了，打算将几台天文望远镜架在学校最高楼的天台上，邀请感兴趣的学生们夜观繁星。

蒋少琰这种百无聊赖的无社团人士，便跟着汪哲提早去布置场地。他一个人就能把器材搬走，看不出一点吃力的样子。

两个正合力搬动同一样器材的同学不禁感叹："真是百闻不如一见啊。"

可蒋少琰并不太满意自己目前的身材，搬完东西，拉过汪哲让他瞧自己的手臂："你给我看看，我这儿的肌肉是不是没以前明显了，捏着怎么好像变软了？"

汪哲轻轻捏了捏："不会啊，和以前差不多，就算变软也不要紧，你练一练它就回来了。"

"你说得倒是轻松，我练肌肉有多不容易，你知道吗？"蒋少琰撒气般戳上他的肱二头肌，手感结实而有弹性，"哪像你，随便练练就一身肌肉。"

汪哲有点委屈："我也在努力健身啊，为了能够更有说服力地站在你身边帮你。"

蒋少琰皱眉道："瞧你这话说的，难道你身材走样我就不让你站我身边了？"

“不是，但相比之下，你肯定更欣赏身材好的我，而不是一身肥肉的我吧？”

这话倒没错，蒋少琰暂时不去纠结这个事情，又问：“你明明每天跟我待在一起，什么时候去健身的？我怎么不知道？”

汪哲笑了笑，说：“在你早上醒过来之前，我有时候会去操场跑跑步。还有你有课而我没课的时候，我偶尔会去学校的健身房，那儿器械挺多的。”

蒋少琰哼哼两声：“你背着我偷偷去健身，却让我天天吃那么多，想让我变胖、变丑，突显你的英俊帅气咯？心机！”

汪哲的嘴角扬得更高了，小声地说了句什么，让蒋少琰有些得意，又有些想揍他。

到了夜幕逐渐降临的时候，先前看到天文社活动宣传海报的学生便陆陆续续地来了。天台上除了七台专业的天文望远镜，还有较小的手持望远镜。社长和成员们热情地指导同学们如何使用望远镜，没过多久，几乎每台望远镜前都围了四五人。

汪哲积极地招呼同学来观测繁星，可总被婉言相拒。他看着自己面前唯一无人问津的望远镜，沮丧地耷拉下了脑袋，转头问蒋少琰：“学长，为什么他们都不来我这儿啊？”

蒋少琰立即收回了杀人般的凌厉眼神，轻咳两声，劝慰道：“你别难过，没人看，我们自己看啊。”

“嗯，好。”可他神情依旧落寞，“他们是不是觉得我看起来不靠谱啊？”

蒋少琰感觉自己搬起石头砸了脚。

“你靠谱，特别靠谱。我……我去买点吃的，你先忙吧。”他急忙溜了。

二十分钟后，蒋少琰再回来时，汪哲负责的那台望远镜前已经挤满了一群人，蒋少琰眯着眼数了数。

嗬，十五个，真受欢迎。

蒋少琰不动声色地慢慢走了过去，汪哲被一群人围在中间，但他个子高，依然醒目得很，余光一下子就捕捉到蒋少琰的身影。

“学长！你回来啦！”他笑得灿烂，可周围的人闻言身体都一抖。

蒋少琰冷淡地开口：“哇，人可真多。”

一群人一下散了个干净。

“大家怎么都走了？”汪哲迷惑了一瞬，继而笑呵呵地迎过去，开心地说，“学长，你走之后，我这儿来了好多人。你看到了吗？他们都说我指导得很好。”

蒋少琰拍了拍这傻狗的脑袋：“你本来就很好。”

为了汪哲的自信心着想，他终究做了点让步，没再待在一旁虎视眈眈地盯着，退到了稍远的位置，安安静静地看着汪哲神采飞扬地带同学观测星空。

活动持续到了九点，再晚学校保安就要来赶人了。天文社的成员送走最后一批前来观看繁星的学生后，便把器材原样打包搬回了社团，又忙碌了一小时。

回公寓的路上，一群人有说有笑。蒋少琰走在后面，伸出手指，朝汪哲轻轻勾了勾。

汪哲立刻像听见主人摇铃的金毛一样凑了过来：“嗯？”

蒋少琰抬头望向天空。大城市的夜晚其实看不到多少星星，但还是有几颗影绰可见的星星在夜空中闪烁。

“观看流星雨那天，你许的愿望实现了吗？”

汪哲微怔，随后莞尔：“实现了。”

“是什么愿望，现在你能告诉我了吗？”那次汪哲没告诉他，其实他一直挺想知道的。

汪哲低声笑了笑，没有说话。

蒋少琰以为汪哲不想说，便没再追问下去。等到了宿舍楼，与其他人分别后，一关上房间门，灯都没开，汪哲站在了他面前。

褐绿的眼眸透出光来，比今晚看到的任何一颗星星都明亮夺目。

汪哲声音低沉，却难掩快乐：“我那天许的愿望其实很简单，当时你说我可以是替你分担压力的伙伴，我还是有点不确定，就向流星许愿，希望你说的是真的。现在这个愿望已经实现了，对吧？”

蒋少琰抬手拍了拍他的肩膀：“傻瓜，早就实现了。”

第二天，蒋少琰醒来时顶着两个大黑眼圈，转头一瞧宿舍里的汪哲，嗬，睡得倒挺香甜。

“嗞……疼！”汪哲被扯着脸颊从睡梦中醒来，委屈巴巴地看着暴力的室友，“怎么了？”

“还好意思问我怎么了，你昨晚兴奋到睡不着觉，拉着我又看星星又赏月的，闹到凌晨，结果我失眠了！”

汪哲讨好地看着他：“我不是故意的，听了学长的话我太开心了……”

“我怀疑这会儿论坛已经在传了，谁大晚上不睡在阳台胡闹。”蒋少琰冷眼瞥他，“要是有人因为这事传我的谣言，我就骂你。”

汪哲的脸立刻垮了下来：“怎么能这样。”

蒋少琰原本只是随口说说，没想到晚上刷手机时，发现论坛还真在热议。

1 楼：我去，你们昨晚听到了吗？什么动静啊？

2 楼：听到了！听到了！不过就一会儿，我感觉是从楼下 3 楼中间传来的。那块儿有谁住？

3 楼：楼上搞错了吧？全校能有这种动静的宿舍，据我调查，没有。

4 楼：3 楼，你为什么会调查这种东西？

5 楼：对 3 楼进行警告。

6 楼：3 楼同学，你刚开始上网冲浪？你忘了琰哥和那位新晋男神不就住那一块儿吗？

7 楼：我去，差点忘了！据说那位男神也能一挑三！

8 楼：太夸张了吧，他这么猛？我还以为会和他外表一样温温和和的呢。

9 楼：我不信，除非让我体验一回。

10楼：9楼，会说就多说点啊。

11楼：想体验？行啊，来312，我让你好好体验体验。

12楼：楼上汪哲本人？

13楼：11楼，你看看我！

14楼：11楼，选我！

15楼：等等，我觉得11楼的语气怎么不太像汪哲？

蒋少琰冷笑一声，直接艾特了9、13、14楼的ID，在输入框打下一行字：我在宿舍等你们，识相的就过来挨打，否则被我知道你们是谁，喊爸爸都没用了。

他按下发送后，把手机一扔，还是不解气，又踹了一脚正在书桌前写作业的汪哲。汪哲没防备，猛地向前一扑，水笔在纸上画出长长的一条线，写了半张的作业纸算是报废了。

他却不生气，转过身来好脾气地安抚蒋少琰："怎么了？谁惹你生气了？"

蒋少琰倒是过意不去了，原本自己就打闹一下，却不小心把汪哲写了半天的作业毁了。

"看你欠打。我给你再抄一遍，挪开。"他边说边卷起了袖子。

汪哲笑呵呵道："没关系，反正也不急着交。我做错事了吗？那你想打就打吧。"

蒋少琰拿温顺过头的傻狗根本没辙，哼哼两声："我打你有什么意思，我要虐你。走，跟我打球去，你有进步的话，我给你奖励。"

汪哲立刻点头答应，放下笔跟着他一同出门，顺道叫上了柳函和罗永恒。

一行人到了操场,恰好有个空的篮球架。他们刚想走过去,却发现旁边一个架子下校篮球队的成员正在练球,包括邹锐和张鸿,还有不少学生围观。对方也发现了他们,脸色顿时变得不太好看。

罗永恒忐忑地问:“琰哥,要不我们换一个地方?”

蒋少琰根本不在乎:“就这儿挺好,没关系。”他稍作热身,便招呼几人开始打球,丝毫不去关注旁边的情况和其他学生的窃窃私语。

汪哲却有些不在状态,好几次失误没接到球,神色越发沮丧。

蒋少琰把球往柳函那儿一传:“你们先打着。”随即小跑到了汪哲身边。

“怎么了?”他拦住汪哲,语气平和,“说好的东西你不要了吗?”

他并不是故意在众人面前这么做,可这不妨碍众人被蒋少琰这一举动惊掉了下巴。

“这是琰哥吗?我的天!”

“我之前还不信,现在不信也得信了。”

“牛,汪哲真的牛。”

就连邹锐都被吸引了注意力。

他认识蒋少琰将近三年,但哪怕是他们走得最近的时候,也没见过蒋少琰这副样子。

当初T大谁不知道大一来了一个漂亮又狂傲的新生,一群学长们都蠢蠢欲动，试图治一治这人以突显自己的气概。可没过几个月，蒋少琰揍趴了第七个挑衅的人后，多数人都尿了，还不忘给自己找借口，酸溜溜地说这种人就算打赢了也没意思，不老实也不听话，使唤起来都嫌麻烦。

邹锐起初对蒋少琰并没有多关注，他多的是追着自己叫哥的小弟，何必去倒贴一块硬石头。可当向来冷脸拒人于千里之外的蒋少琰表现得似乎有那么点关注他时，他的虚荣心便膨胀了。他想着认识一下或许也挺有意思，于是耐着性子聊了一阵子，等着蒋少琰主动提起下一步。

可谁知计划快要成功时，半路杀出一个汪哲来。

邹锐当然是恼火的，不仅因为计划落空，更因为自己丢了面子。当初他信誓旦旦地对其他人说蒋少琰崇拜他崇拜得要命，结果被狠狠打脸，能不气吗？原以为蒋少琰只不过是为了面子才接纳那么弱的一个人进自己的圈子，却没想到蒋少琰是认真地把对方当成重要的伙伴，而且汪哲一点都不弱。

他仿佛成了最大输家。

输就输吧，他气了一段日子，也就不去想了。反正蒋少琰本来就跟他不太谈得来，他只是图个好玩而已，哪怕真成了，估计没多久就会决裂。这种又傲又凶的人怎么比得上其他任听差遣的小弟，怕是连低头都不会。

但此时此刻他才发现，蒋少琰居然是会示弱的。

“你还打不打球了？”蒋少琰仍对着汪哲好声好气地说话，好似对周遭人的目光与议论浑然不觉，他又拍了拍汪哲的手臂，轻笑道，“你打成这样还不多练练，我教你啊，哥。”

这声“哥”喊得相当自然，又无比顺从，显然平时就是这么称呼的。在场所有人都知道蒋少琰比汪哲大两岁，一时间都有种惊呆了的感觉。

邹锐也怔了怔，心底竟升起一丝后悔。

汪哲被当众这么一喊，有些不好意思了：“我……”他看了看周围，凑到蒋少琰耳边说悄悄话，“我怕我打得太烂，丢你的脸。”

蒋少琰满不在乎道：“我们随便玩玩而已，你紧张什么。要丢脸也是你丢脸，他们不敢说我的，放心吧。”

柳函离得近，在一旁听到了，道：“你说的这是人话吗？小汪同学丢脸就没关系了？”

“嗯，没关系的。”汪哲笑了笑，又对蒋少琰说，“那我就放心了。”

柳函：“打扰了。”

四个人打了一个多小时才算尽兴。周围的学生原以为会有八卦可看，一个个把手机握在手里随时准备着，没想到风平浪静，无事发生。待蒋少琰一行人走了，他们的兴致便低迷了下去，也跟着散了。

篮球队完成了每日的训练量，邹锐拖着一身疲惫往小公寓楼走，脑子里还想着刚才蒋少琰的样子，心里憋着一腔火。

张鸿与他一路，见他面色不快，大概猜到他在想什么，安慰道：“锐哥，他们肯定是故意演给你看的，你别往心里去。就蒋少琰那脾气，私下里指不定对汪哲多残暴呢，你应该庆幸自己远离了这个炸药包。”

邹锐想想，觉得有点道理，心中刚舒坦了些，却突然瞥到小公寓楼的一处阳台上有两个正在交谈的身影，顿时脚步停了下来。

张鸿顺着他的目光望去，瞬间惊得瞪大了眼。

三楼公寓的位置不高，公寓里的灯光透出来照亮了阳台，看得一清二楚。

两个人不知在聊些什么有意思的事，有说有笑的，汪哲一时没忍住，抬手摸了摸蒋少琰的头发，仿佛真成了他哥哥。而传闻中碰一下就会丢命的T大校霸蒋少琰，只是微微一愣，接着露出坏笑，故意把脑袋凑过去随他摸，倒是汪哲先不好意思了，极力往后躲。两个人在阳台上你追我闪，闹在了一块儿，毫无隔阂。

张鸿吞了口唾沫："锐哥……蒋少琰或许……还是故意演给你看的。"

邹锐咬牙切齿："看什么看，走了！你还嫌我不够丢脸吗？"

经过蒋少琰这段时间的努力，两人在"最帅男神榜"上的排名已经远远超过第二名了，好友群里的众人终于不用在他的威逼之下每日帮忙刷票了。

汪哲还不知道这回事，见他最近心情似乎格外愉悦，好奇地问："有什么好事吗？"

蒋少琰想给他一个惊喜，忍着没说，高深莫测道："没什么。"

他们两人已经为颁奖典礼做足了准备，谁知投票截止前一天晚上却突发状况。

晓晓第一个发现，在群里疯狂喊话：@蒋少琰，不得了啦，琰琰，第三名在刷票！

蒋少琰正躺在汪哲床上刷手机，看到消息后立刻噌地坐直了起来。

他动作太大，正在书桌前写作业的汪哲瞧见了，问："怎么了？"

"没事，我换一个姿势。"他顾不上多解释，立刻打开论坛投票楼。果不其然，原本跟他们差了两三千票的第三名已经超了第二名，与他们只剩下六百多票的差距了。

蒋少琰在心里骂了一声，回复晓晓：第三名是哪个系的？我有必要去找人"谈谈心"了。

晓晓：这个叫许升的好像是计算机系的，我估计是他搞的鬼。

蒋少琰：我知道了。

他打开通讯录，刚想找自己姑妈要对方的电话号码，公寓门就被"咚咚"敲响了。

汪哲去开门，见外面站着一个不认识的同学，问："你哪位，找谁呀？"

那人紧张地说："我……我找琰哥，我是计算机系的许升。"

蒋少琰耳朵一竖，立刻下床走到门口，凶狠地瞪向对方："我还没去找你，你倒找上门来了。怎么，你来找打啊？"

汪哲见蒋少琰生了气，神情立马从温和变得凝重，把他往身后一护，不问缘由就对着许升冷声道："你干什么了？"

面对两位气势凶煞、咄咄逼人的主，许升吓得够呛，哆哆嗦嗦道："琰哥，对……对不起，我自愿挨打，你就把第一让给我吧！"

这倒稀奇了，还有上赶着来挨打的。蒋少琰挑眉："你进来给我说明白了。"

门一关，许升在两人的审视下开了口："确实是我刷的票。我喜欢的女生非要我拿下第一，不然不肯做我女朋友，说我还不如一个大一的……"他边说边小心翼翼地看了一眼汪哲。

汪哲还云里雾里："什么刷票？什么第一？"

"你不知道那个最帅男神投票吗？你俩是第一名，明天就是颁奖典礼了。"

这下好了，连惊喜都暴露了。

蒋少琰气得牙痒："你给我闭嘴！"

汪哲诧异地看向他："学长，你有在给我们拉票？"

蒋少琰有点拉不下脸，没好气地承认："干吗，不行啊？还不是你一副很期待的样子！"

汪哲愣了愣，随即嘴角迅速上扬，一副受宠若惊的表情："你怎么这么好啊！"

"好个球。"蒋少琰脸上微讪，转而又对许升恶狠狠道，"你讨好你喜欢的女生，关我什么事？我难道就不要讨好我室友了吗？"

汪哲在一旁傻笑得停不下来。

许升弱弱道：“就这一次，求求你了，琰哥，我真的不能失去这个第一名。要是这次能得第一，她就会对我刮目相看了。”

蒋少琰朝许升怒道：“我才不让，凭什么？你靠刷票得了第一，她也不会看得起你吧？”

他还想数落几句，却被汪哲拉住了。

“没关系的，你就把第一让给他吧。”

蒋少琰一怔，不可思议地转头：“啊？”

“我能理解他的心情。”他笑了笑，“你这么努力拉票，我都看在眼里。名次根本不重要，就让给他吧。”

蒋少琰仍有些不情愿，嘟囔着：“凭什么？你知道我费了多少工夫吗？”

汪哲声音低沉，笑了笑：“我知道，你还特意瞒着我，对不对？”

蒋少琰心虚了：“也不是特意吧。”

汪哲则对许升说：“你放心吧，明天的颁奖典礼我们不会参加的。不过你的刷票行为能不能被认可，我就不知道了。要改变你喜欢的女生的看法，靠这些歪门邪道没用，还是要靠你自己。”

最终蒋少琰还是听了汪哲的话，退出比赛，没有去参加颁奖典礼，令T大一众支持他们俩的粉丝哀呼不已。好友群里帮忙投了大半个月票的几人都愤愤不平，但听说了原因之后，也只好原谅了那个刷票的可怜人。

当学生们赶去颁奖礼堂凑热闹时，蒋少琰和汪哲却逆着人流出了校门。

汪哲说想带他回一起读过的初中和高中看一看，重温过去时光。

两所学校其实隔得不远，乘车二十分钟就能到。他们先去了初中，汪哲带着他走了一遍他们初遇时的那条小道。

“学长当时真的好英勇啊，在我眼里你像救世主一样。”汪哲感叹。

蒋少琰失笑道：“哪有这么夸张。”

他突然回想起来什么，又问：“你以前怎么会被欺负？我听那些人说是你勾搭学妹？”

汪哲立马澄清：“绝对没有！我那时候还小，不懂得拒绝，可能造成了一些误会……就被说成那样了。”

蒋少琰暗骂自己太迟钝，当初汪哲跟自己说完那些往事后，自己就该从蛛丝马迹中意识到汪哲如此深藏不露，否则后来也不会被压制成那样。

好吧，或许还是会的。

初中校门不让进，他们绕了一圈，随后打车去了高中。高中相对宽松，门卫还认得蒋少琰这个问题学生，便放他们进去了。一路逛着，汪哲一边絮絮叨叨地回忆着：

“这里一点儿没变。我记得你总在那个篮球架下面打球，一对多还总是赢，特别厉害。

“还有这边的小树林，我有次看见一个人堵着你，本来想去帮你的，可你没几下就把他打趴下了。

“你们班级一个礼拜换一次座位，你每隔一个月就会坐在窗户边上，我从外面经过就能很近地看见你……我每节课下课有时间都会来看你，你从来没发现过。”

汪哲虽然是含笑说着这些话，但蒋少琰心里很不好受。

“对不起，我要是早点发现就好了。”

蒋少琰没有这样的经历，不知道那是种什么感觉，可光是想象一下那些年汪哲将这一切默默深埋在心里，孤单地仰视着自己，甚至为了自己压制他的真正实力，更被旁人不善地讽刺嘲笑，他就难受。

汪哲仿佛洞悉了蒋少琰的想法，柔声道：“你不用道歉。你是不是觉得我当时很难过？其实没有，我可知足了，满脑子都是早日赶上你，哪儿还有时间难过呢？反倒是后来离你近了，却越来越容易失落。”

他笑了笑：“当然，现在我不会这样了。”

蒋少琰听完，深吸了一口气。

“汪哲。”

“嗯？”

“就当我们刚见面，在这里，你再跟我说一次当初说的话。”

汪哲一怔，继而明白过来，温柔地低笑，轻声开口：“学长，我想……”

“想以后你能够在我扛不住的时候分担我的压力。”蒋少琰抢先一步，扬起嘴角，明明是一副得意的样子，嘴上却说，“我这人可多事了，学弟，你敢不敢来啊？”

汪哲端详了面前这人的面容许久，才沉声开口："我敢。"

"那你可要说话算话，不然我饶不了你。"

"嗯，定不辱命。"

"你说的啊，哥。"

初夏的阳光明亮而温暖，照亮了蒋少琰笑弯了的眉眼。

第十六章 惊喜

Shao Shuo Ji Ju

最近蒋少琰觉得那傻狗表现得有点奇怪。

平时他一下课，除了烧饭、做家务就是跟着自己，自己走到哪儿，他跟到哪儿，但最近他总是待在书房里对着电脑，自己问他在看什么，他就支支吾吾地说是查毕业论文的资料。可离他毕业就一个月了，论文终稿基本定了，哪儿还需要整晚整晚地查资料？

奇怪，实在太奇怪了。

蒋少琰是绝不相信汪哲会做什么坏事的，但汪哲显然有事隐瞒，不想让他知道。那他也只好睁一只眼，闭一只眼，装作无事发生，实则暗中观察。

蒋少琰偷偷观察了好几天，也没发现什么异常的地方。

一晃眼，就到了汪哲毕业典礼当天。

蒋少琰特意请了一天假过来。他两年前就毕业了，找到稳定工作后，那年暑假和汪哲一起去D国拜访了汪哲的家人，本来准备了一肚子话，结果在看到汪哲家的豪宅后通通憋了回去。

好在汪哲父母很亲切，没有上演他脑海中的狗血戏码。这回他在毕业典礼上碰见了汪哲的父母，他们也是分外热情，一上来就是一个令人窒息的三人拥抱。

“少琰，你怎么越来越漂亮可爱啦！”汪母拉着他，左瞧右瞧了半天，才恋恋不舍地去找自家儿子合影。

周遭的学生听了这话，愣是在大夏天打了个寒战。

虽然琰哥已毕业，但其恶名、威严犹存于T大的校园传说之中。场内的毕业生都是和汪哲一届的，基本听说过他俩当年轰动校园的故事，只是自从蒋少琰离开学校，谈论的人便少了许多，如今再度得见，免不得八卦一番。

“他们俩居然还玩在一起，连对方父母都这么熟悉？我以为早晚会闹翻呢。”

“人家好着呢。不过汪哲在咱们学校男神榜上都连续三年第一了，别说女生，我看连不少男生都想搭上他。”

“对对对，前几天我还看到有人试图跟汪哲称兄道弟呢。”

“后来呢？”

“哪有什么后来，你又不是不知道，汪哲只认他那‘温柔和善、亲切贴心’的学长。”

众人皆抖了抖浑身的鸡皮疙瘩。

“我觉得汪哲可能眼神不太对劲。虽然琰哥确实长得不错，但是……”

“但是？”

“但是那脾气……也就汪哲这种性格的人受得了吧，打不还手、骂不还口。”

“你怎么就知道他被打被骂了？”

“我一看就看出来了。最近他气色那么差，准是被琰哥教训了。”

“你住他们家了？”

“我当然没有。你这是问的什么破问题！”八卦的人不耐烦了，想看看是谁老提这么没营养的问题，一转头就对上了一双冷冽的眸子。

“琰……琰哥。”

“继续说。”蒋少琰双手抱在胸前，抬了抬下巴，“你不是很了解吗？比我还了解我们的事。”

“不敢不敢。”

蒋少琰哼笑一声，还想嘲两句，余光就瞟见一道熟悉的身影朝自己跑了过来。

“少琰！”汪哲穿着一身学士服，跑步带风，笑得露出一口白牙，丰神俊朗，可眼圈有点发黑，看起来还真像这些八卦的人刚才所说的那样，被自己教训了。

蒋少琰皱起眉头：“昨晚你几点睡的？书房的灯一直没关，你干什么呢？”

汪哲笑了笑，依旧答道：“我在查东西。”

“你都毕业了，还查论文资料？当我傻吗？老实交代。”蒋少琰冷下了脸，唬人得很，周遭闲杂人等立刻自动退散。

“不是论文资料，就是工作上的事。”汪哲回道，“对了，少琰，我们暑假去 D 国玩吧？”

“D 国不就你家门口吗，你还没去腻啊？”

“我其实不太出去旅游的，而且初中就来国内了，很多地方都没去过，想趁最后一个暑假去玩一趟，好不好？”

“你醒醒，我们现在哪儿来的暑假？这玩一圈起码十天半月，我年假可没那么久。”

“那你能不能请事假？扣钱的话，我三倍打给你。”向来容易妥协的汪哲今天却一反常态，十分坚持，眼巴巴地望着他。

“谁要你的钱。”蒋少琰相当有自尊，但对着汪哲也相当没原则，“你要实在想去，我请假就是了。那点工资算什么，扣一两个月都没事。”

汪哲忙道：“不用那么久的，一个星期左右就行了。”

“好吧，什么时候去？”

“七月中旬左右。”

“行，那就——”蒋少琰的话说到一半，心里一动，突然明白了过来。

七月中旬，不就是汪哲的生日吗？这傻狗莫非是想和自己一起回老家，过个特别的毕业生日？但他又不好意思明说，所以最近才每晚待在书房，借着查资料的幌子偷偷做攻略，费尽口舌地邀请自己。他还真是傻得可以。

蒋少琰面上不动声色，接着道：“那就这么定了，明天我去请假。你实习公司那边没问题吗？”

这话其实是不需要问的。汪哲家去年在国内开了子公司，将来公司会交由他管理。虽说目前他只是实习生，但公司上下都知道他的身份，他来去自由得很。

果不其然，汪哲点了点头：“没问题的。”

于是这趟行程就这么定下了。

接下来的一个多月里，蒋少琰都在为同一件事发愁：送个什么样的礼物才能既让人满意，又能藏在行李箱里不会被发现呢？

汪哲每年大小节日都会给他准备礼物，更别说生日了。虽然多数礼物没什么创意，但好歹是用了心的，他自然也得回赠。

可行李箱一共就那么大点地方，大点的礼物一眼就瞧见了，太小的礼物自己又想不出什么新花样。手表当年送过了，现在还戴在汪哲手上，隔三岔五他就要取下来擦一擦；首饰也不行，他爸妈去年送了，两百多万的限定款，比不过，比不过。

其他的，自己就更想不出了。蒋少琰从小到大连自己亲爸都没怎么送过礼物，这三四年里，已经为礼物这事绞尽了脑汁，眼下当真是江郎才尽了。

不过好在他还有场外援助。

“生日礼物？你还用想这个？汪哲收到你送的空气都能开心一整天，好不好？”电话那头的柳函调侃。

蒋少琰也不否认：“一整天不够，有没有能让他开心一整年的礼物？”

“那还不容易，你对他说句‘汪哲哥哥，我好崇拜你哦’，他能开心一辈子。”

“说点正经的。”蒋少琰道，“晓晓送你的礼物里，你最喜欢哪个？”

柳函嘿嘿笑了两声：“最喜欢的嘛，肯定不能告诉你。不过有一次晓晓送的礼物，我觉得很不错。”

“是什么？”

“当一天主人的权利，这一天里晓晓什么都听我的。汪哲被你压制得那么惨，一定比我还想要这种礼物。”

“滚你的，我哪有压制他！”但蒋少琰倒是对这个建议挺感兴趣，“我考虑一下。”

“好咧，祝你俩一路顺风，玩得开心！”

蒋少琰漫不经心地应了声，突然疑惑道：“你怎么知道我们要出去玩？”

“呃，汪哲之前跟我说过。”

蒋少琰没多想：“行，那没事了，回头再聊。”他道了声再见，就挂了电话，心里总算有了点底。

“一日主人权”听着还不错，实用又有乐趣，而且不需要带任何东西。不过照着来没什么新意，得改改形式。

蒋少琰在飞机上这一晚睡得不太安稳，一进套房，他丢下行李就想扑到床上补个觉，却被眼前的景象惊到了。

“怎么有这么多花？”

套房内的客厅和房间里都摆着三四个精巧、古典的花瓶，里面插着同样的淡粉色玫瑰，新鲜的花瓣上甚至还有水珠。卧室的床上也放着几枝花，旁边有一张卡片，上面写着：

Misty rose。

蒋少琰翻看着那张卡片，无奈词汇量不够，只好求助汪哲："什么意思？"

"有雾的。因为玫瑰颜色很浅，所以叫薄雾玫瑰。"汪哲解释道，"应该是酒店准备的吧。"

蒋少琰点点头："没想到D国人还挺浪漫，但这颜色也太少女了，看着受不了。你把这几个花瓶搬到外面去吧，我先睡一会儿。"

汪哲不知为何安静了几秒，继而一脸沉重地点了点头："好。"

蒋少琰实在腰酸背痛，没去深究，一沾到枕头就睡着了，这一觉便睡到了下午。蒋少琰醒来后和汪哲去附近的景点逛了一圈，拍了不少照片，又去当地超市买了些吃的喝的。结账的时候，汪哲用手机付款，蒋少琰无意间瞥见了解锁密码。果然和之前看到的一样，不再是那几个数字了，而是"7922"。

蒋少琰想破了脑袋，也没琢磨出这串数字的含义，可能他只是瞎改的。

之后四五天，汪哲按照事先准备好的行程带着他去了D国的几个著名景点，外加一些风景优美的冷门景点，每天行程都安排得恰到好处，不至于太累，也不会太无聊。

不过让蒋少琰印象最深的，还是D国酒店贴心周到的服务。他们在第一家酒店住了三晚，头一天摆放的是Misty rose，第二天换成了Apricot rose（杏色玫瑰），第三天则换成了Red rose（红玫瑰）。

到了第二家酒店，一进门，先映入蒋少琰眼帘的又是娇艳欲滴的红玫瑰，第二天则换成了黄玫瑰，第三天又变回了淡粉色的薄雾玫瑰。

蒋少琰看着卡片上的单词，念道："D国人的客房服务都这么严谨的吗？还给一张卡片说明，怕我们不认识玫瑰花？"

汪哲在一旁浅浅地笑了笑，没有说什么。

眼看着明天就是汪哲的生日了，蒋少琰赶紧趁他早上洗澡的时候，把小礼物偷偷准备好，藏进衣服兜里，随后和他一起出了门。

今天是他们在D国的倒数第二天。依照原定计划，他们会前往汪哲家和他爸妈度过一晚，第二天回国。蒋少琰买了些礼品一同带去，虽然不是头一趟见他爸妈了，可礼数还是得周全。

门铃按响后，大门几乎瞬间就打开了。蒋少琰以为二老一直等着他们，抱歉道："叔叔，阿姨，不好意思，路上堵车了。"

"没事没事，你俩快进来吧，外边晒。"汪家夫妇热情地招呼着。

蒋少琰进了门，把礼品放下，坐到了客厅沙发上。汪哲坐在他旁边，汪父汪母跟着进来，坐在了他们两侧。

四人一时相对无言。

这气氛怎么这么诡异？

蒋少琰率先开了口："叔叔，阿姨，晚饭想吃什么？我来做。"

汪父连忙道："不不不，今天你什么都不用做。"

蒋少琰觉得莫名其妙："今天有事吗？"

"呃……"汪父卡壳了，汪母替他补充道，"他的意思是你们俩这几天玩得挺累的，好好休息吧，晚饭我们来做就行。"

"对对对，我就是这个意思。"

蒋少琰总觉得哪里不太对劲，待二老离开，他们俩进了汪哲房间，便问汪哲："你爸妈怎么了？比我第一回上门还拘谨。"

"我也不知道。"汪哲东瞅瞅、西看看，像第一次进自己卧室一样，突然说，"我有点头痛，少琰，陪我休息一会儿吧。"

蒋少琰顿时把疑惑抛到脑后，上前摸他的额头："你怎么会头痛？肯定是因为昨晚熬夜了。我让你早点睡，你还不听话。"

汪哲小声地说："我没有，我哪敢啊。"

蒋少琰轻咳两声，勉强维持住严肃的神情："你赶紧躺下，真麻烦。等你睡着了，我再走。"

结果最后却是他先睡着了。

蒋少琰醒来的时候已是晚上六七点，汪母在楼下喊了句："快下来吃饭吧。"他被声音吵醒，揉了揉眼，发现自己流出的口水打湿了枕头上的一小块区域，而汪哲则好整以暇地靠在一边看手机，浑然不觉。

蒋少琰顿时羞赧，"啪"地伸手过去按住手机屏幕不让他看："我的口水流出来了，你也不叫醒我。"

这话相当不讲理，可汪哲只是笑了笑："没关系的。"

"你这几天很累了，我想让你多休息一会儿。"

蒋少琰顿时拿他没辙。

下了楼，蒋少琰才发现晚饭丰盛得近乎夸张，满满一大桌子菜，从长方形桌子的这头摆到那头，跟过年似的。他看着都饱了，忍不住问："还有客人来吗？"

"没有啊，就我们四个。"

那这菜的分量估计够四个人从除夕吃到初七了。

当然，蒋少琰没说出来，很给面子地吃了两碗饭，无奈胃容量有限，到最后实在撑得不行，打着饱嗝靠在沙发上，挺着肚子看电视。

汪哲帮父母收拾完厨房，来客厅找他，看了眼手表，说："才九点，我们出去散散步吧。"

蒋少琰正想消食，当即同意。出门前，他把兜里藏了一天的东西拿出来检查，确认完再次整理好妥妥帖帖地放回兜里面。

汪哲家不在闹市区，到了晚上就分外静谧安宁，只有风拂过树叶的沙沙声响和住宅区传来的隐约人声。他们沿着石砌小路往前缓步走，穿过一小片景观树林，视野豁然开朗，映入眼帘的竟是一大片玫瑰花海。

"我怎么记得这儿以前是草地？"蒋少琰困惑道。

汪哲已经走到了前头，在花海中回过身来："后来种了花，我觉得很美，就想带你来看看。"

"是挺美的。"蒋少琰表示认可，望着前方汪哲宽厚、挺拔的身影和俊美的容颜，在两旁花丛的映衬下，颇有几分童话中白马王子的梦幻感。

他被自己的想象恶心了一把，抖掉一身鸡皮疙瘩，继续往前走。

他靠近了仔细看，才发现这块地方种的花有好几种颜色，错落有致，相映成趣，底下还有灯光打着，即使是晚上，也看得一清二楚。

走在前面的汪哲随手折了几枝花，蒋少琰见了，立即出声阻止：“你干什么啊？快住手。”

汪哲正伸向其中一枝花的手一顿：“没关系的，这里花很多。”

“这是数量的问题吗？老师没教过你不要破坏花花草草？”

汪哲缩回了手，怯怯地说：“我再要一枝就够了。”

蒋少琰四下张望了一圈，见附近没有人，迅速折了那枝塞给他，小声道：“你藏好了，别拿出来，丢人。”

汪哲呆呆地瞧着手里的花，没有说话。

花海中央是一块休息区，仍保留着原来的草地。有几个附近的居民正喝着啤酒，看露天电影，见到他俩，热情地招呼他们一起观看。反正闲来无事，蒋少琰便坐下了，还喝了两口一位大叔递来的啤酒，方才饭后的饱腹感已经消散得差不多了。

汪哲坐下后，却有些心神不宁，时不时偷看两眼表，像在等待什么来临。

蒋少琰自然知道他在等什么。还有两个小时就是他生日了，他特意带自己走到这儿来，肯定是想在这里等到零点。

虽然蒋少琰觉得在家和在这儿过生日没什么区别，但既然汪哲喜欢这里的氛围，他当然得奉陪到底。

银幕上的经典老片放完一部接着放下一部，夜越来越深，其他的居民陆陆续续离开回家了，走时还叽里呱啦说了一堆D语。蒋少琰一句没听懂，汪哲倒是边听边不停地点头，问他是什么意思，他只说是一些家常话。

直到离零点还有五分钟时，电影已经播放完了，银幕暗了下去，微微泛着白光，偌大的花海区域只剩下他们两人。

蒋少琰打了一个哈欠，琢磨着时间差不多了，便直起身来，想去拍汪哲的背，结果摸到了一手的汗。

他愣了一下，忍不住笑出声："你至于这么紧张吗？多大点儿事。"

汪哲浑身猛地一僵，像机器人一样缓缓转过头来："你……你知道了？"

眼看时间快到了，蒋少琰索性承认："是啊，你问我要不要来D国玩的时候我就知道了。"

汪哲瞪大眼睛，张着嘴，却震惊得说不出话，几秒后，像泄了气的气球迅速瘪下去一样："我搞砸了，白准备了那么久……"

"是你的生日，你准备什么？应该是我给你准备才对。"蒋少琰凑上去，"现在你被我惊喜到了吗？生日快乐。"

汪哲怔了片刻，陡然意识到什么，眼睛霍然亮了起来，在银幕的反光下映射出绿宝石一样的光辉。

蒋少琰从衣服兜里拿出三张卡片，递到他面前："今年我送你一个特别的礼物。"

汪哲咽了咽唾沫，问："是什么？"

"第一张是原谅卡，无论你做错了什么，只要用这张卡，我都原谅你；第二张是批评教育卡，如果我做错了事，你可以随意批评教育我，我骂不还口，打不还手；最后一张是答应卡，这张厉害了，不管你说什么我都答应你。所有卡片都只有一次的使用机会。"

蒋少琰一一说着卡片的作用。他根据柳函的建议稍稍做了改变，那种"一日主人权"对他俩不适用，一来汪哲不会严格执行；二来自己的话语权坚定不可动摇。

汪哲收下了卡片，一时没作声。

蒋少琰瞧他手有点抖，还以为是激动的，于是凑到他面前。

"我差点忘了，今年还没对你说那句话——"蒋少琰压低了声音道，"以后还是请多指教，哥。再说一次，生日快乐。"

这是他们俩大学时就定下的约定，蒋少琰每年都会对他说一次。

汪哲闻言，倏然抬头，眼眸灼灼发亮："过了零点，我就又长了一岁。"

蒋少琰一愣，不明白他为什么突然说这个。

"对啊。"

汪哲闭上了眼，深呼吸，睁开眼却说："我现在能用卡吗？"

蒋少琰被他的话搞蒙了："行是行，可只有一次机会，你确定要现在用掉？"

"嗯。"汪哲点头，抽出了那张原谅卡，"我之前对你说谎了，你能原谅我吗？"

"什么谎？"

"你先原谅我，我才能继续说。"

"行吧，我原谅你了。"

"之前那些晚上，我在书房里不是查论文和工作的资料。"

蒋少琰微微提起的心顿时放了下去："就这个啊，我还以为什么呢。没事，我知道你在查旅游攻略。"

"不是攻略。"汪哲道，"我其实是在安排一些事。为了不被你发现，我说了很多谎，对不起。我真的很笨，想不出其他更有新意的方式，这点也希望你能原谅我。然后——"

他眉头紧锁，神色紧张而郑重，将那张答应卡连同原谅卡一起还回去："我想让你答应我一件事。"

蒋少琰的思维有点乱："不是，你过个生日给我搞这么隆重干吗？一下用两张卡，也太浪费了吧？"

汪哲没回答，远处教堂的钟声在此刻响起，庄严而古朴的声响遥遥传来，回荡在这一片广阔而宁静的花海。

零点过了。

蒋少琰看着汪哲凝视着自己，紧接着不知从哪儿掏出一个装着手表的盒子。

"当年你送了我一块手表，我一直想回礼，但找不到合适的机会。今天是我生日，我最大！"汪哲浅笑，"现在我毕业了，也快要工作了，正好趁这个时候，谢谢你这些年对我的包容。请你一定要收下。”

蒋少琰愣了半晌没出声，汪哲又不放心地加了句：“我用答应卡了，你说过什么都会答应的。”

蒋少琰盯着那块手表怔怔出神。

突然，蒋少琰又觉得有些好笑。这傻狗居然还用答应卡来确保自己不会拒绝。自己怎么可能拒绝？看来傻狗还是不够自信。

蒋少琰暗忖着，一会儿回去得好好再给他上上课，伸手接过了汪哲手里的东西戴上，说：“我答应啊，当然答应，送个礼物还要浪费一张卡？你是不是对我有什么误解？”

汪哲高兴道：“你愿意收下就好，以后你过生日，再送你别的……”

蒋少琰没计较汪哲的絮絮叨叨，看着腕上的手表，勾唇笑了笑，抬头望向远处的教堂，钟声仍在延续。

他们之间的情谊，也将延续至永远。

第十七章 乐趣

Shao Shuo Ji Ju

按理说两人相处久了，便是一些鸡毛蒜皮的日常琐事了，可依蒋少琰这不安生的个性，平平淡淡是不可能的，这辈子都不可能。

比如最近，他给汪哲强硬地下达了命令：一个星期内都不准主动和自己说话。

自他们俩从D国过完生日回来后，一晃眼两年都快过去了。汪哲接管了自家公司，蒋少琰也升了职，虽然现在工作忙，待在一起的时间少了许多，但关系倒没有因此疏远。

那天蒋少琰下了班，一出公司门，就看到汪哲站在门口等着。

这几年汪哲的个子又蹿了几厘米，身形越发高大挺拔，气质也成熟了不少。此刻他穿着一件长款风衣外套，显得利落又沉稳，脸上已经完全褪去了少年气，五官英俊，与众不同的眸色越发迷人，在人群中分外显眼。他不笑时，还真有点儿冷酷霸道总裁的架势，惹得不少人注目回头。

但汪哲一见到蒋少琰，立刻绽放一个毁形象的傻笑：“少琰，这边！”

蒋少琰：“……”

傻狗果然还是傻狗，这傻劲儿和当年在大学操场上挥手喊自己时一模一样。

蒋少琰优哉游哉地走过去，跟在他后头到了停车库。

“你有没有觉得时间过得好慢啊？”汪哲懊恼地说，“昨天我们都没有视频通话。”

蒋少琰在心里翻了一个白眼，说：“是你没发来视频好吗？我以为你工作忙呢，发了一个视频还被你挂了。”

汪哲面露疑惑，说道：“我没有收到啊，我怎么会挂你的视频？”

蒋少琰只当他又犯傻了，也不再多说。

“晚上你想吃什么？”汪哲浅笑着问。

蒋少琰随口说了几个菜，话题自然而然地延伸到了这次出差目的地的美食上，聊着聊着，汪哲无意间提起，自己不小心喝醉了一次，最后是被同事扶回房的。

蒋少琰立刻冒出了火气：“我一不在，你就开始放纵了啊？”

汪哲自知理亏，只得道歉：“对不起。我下次不会了，真的！”

“马后炮。”蒋少琰目露凶光，“你给我好好反省一个礼拜，这一个礼拜都不准主动跟我说话。”

“什么？”汪哲遭到了致命一击，“换一个惩罚好吗？

其他都可以，这个我真的不行。”

“就是要这样你才能长记性，我不接受反驳。”

汪哲求饶了半天无效，只得认了：“那你还跟我去公司的晚会吗？”

汪哲的公司周五晚上要举办年末晚会，一个月前就说好了，蒋少琰之前也答应了会一同出席。

蒋少琰道：“一码归一码。我答应你的事，什么时候反悔过？”

汪哲的脸上这才恢复了些许神采，可依旧因这次严厉的惩罚表情十分沮丧。

蒋少琰说到做到，果然接下来的一个礼拜都没怎么理睬汪哲。

汪哲起初还试探了几次，可无奈他冷面无情的学长铁了心要将惩罚进行到底，他只得乖乖认，自觉遵守“纪律”。

到了周五晚会前，蒋少琰强硬的态度总算缓和了些，让汪哲来给他帮忙。

他正对着全身镜，将汪哲郁闷的表情尽数看在眼里，心中暗笑，故意道：“哥，难不难受啊？”

汪哲猛然抬眼，重重点头。

可蒋少琰才不会那么轻易饶了他。

蒋少琰轻挑嘴角：“明天就是最后一天了。”

汪哲试图讨价还价：“不如把时间提前吧……”

“不行。”蒋少琰瞬间变了脸，凶煞得能吓哭小朋友，“我说了一星期，一秒都不能少。”

汪哲眨眼间从天堂跌落至地狱，整张脸垮了下来：“你怎么能这样……”

“怎么，你有意见？”

“……没有。”

“这还差不多。”蒋少琰冷哼着，整了整衣服，“走，这种场合可不能迟到。”

年会在市中心的一家大酒店举行，会场租了一天一夜。全公司的员工都受邀出席，不少人带了自己家属来。

蒋少琰一走进宴客厅，就感受到四面八方投来的好奇目光。他没走两步，就被人拦住了。

来者比他矮半个头，长得挺不错的，穿得也挺精致，神情却有些倨傲，一开口便直入主题：“你好，请问你是和汪哲一起来的吗？”

蒋少琰的眼睛眯了起来。

汪哲跟在蒋少琰身后，和前来打招呼的人寒暄了几句，一转头，对方居然已经被人搭讪了。

他连忙走过去，恰好听见蒋少琰说：“我是他学长。听说他这边场面挺热闹，来长长见识。”

汪哲哭笑不得，讨饶般唤了声：“学长。”

这两字自从他们毕业后就很少出现了，蒋少琰乍听见这声久违的称呼，觉得还挺新鲜。

晚会的节目不少，都是公司内部员工策划的，轮番登台表演。蒋少琰是汪哲带来的人，自然和他一同坐在主桌。席间，汪哲被喊上台去讲话，蒋少琰便坐在下面看着，胳膊冷不防被旁边一位老员工碰了碰。

“你好，听说你是小汪的学长？”

蒋少琰淡淡地“嗯”了一声。

接着对方就八卦地和他分享了一些汪哲出差时的“趣事”，包括那次醉酒，起因是有个同事很崇拜汪哲，不停给他敬酒，汪哲脸皮薄，不好意思拒绝，最后喝得东倒西歪，嘴里还念叨着“学长”。

原来是这么回事。蒋少琰心想：难怪那天自己打去的视频电话被挂了。

别人灌酒也不知道拒绝，这傻狗欠打，实在欠打。

不知道自己已在蒋少琰心里挨了一百八十大板的汪哲还在继续作死。

“少琰。”被灌了两杯酒就开始身形摇晃的汪哲下了台，带着三分醉意，傻笑着凑到他面前，“少琰，别生气了，好不好？”

蒋少琰和他拉开距离，磨着后槽牙：“好个球，你一边儿待着去。”

汪哲撇了撇嘴，听话地坐回自己的位置，埋着头嘟囔道：“少琰凶我，嗝！”

这话只有离得近的蒋少琰听见了，蒋少琰当即敲了敲他耷拉着的脑袋：“你装什么委屈，给我好好反省。”

这时，台上进入游戏环节，主持人又叫到了汪哲的名字。蒋少琰转头一看，顿时脸色更黑了。

居然是两人夹爆气球的游戏，而汪哲的搭档正是那个据说灌醉了他的同事。

“你准备玩这个？”

“什么呀？”事先毫不知情的汪哲迷茫地抬起头，看见蒋少琰近在咫尺的脸，又想凑过去，醉醺醺地说，“少琰，你别生气了。”

一连串的糟心事让蒋少琰火从心起，一把推开了汪哲：“滚，待会儿再跟你算账。”说罢，他也不管汪哲神情多沮丧，径自上了台。

主持人觉得他面生，疑惑道：“您是？”

“汪哲身体不舒服，我来替他玩。”蒋少琰活动了一下脖颈，朝面前的同事森冷一笑，“请多指教。”

那同事浑身莫名一寒：“请多……”

“好的，开始！”主持人一声令下。

蒋少琰猛地拽过眼前的人，狠狠撞上去。

“砰！”气球瞬间爆了，碎片在空中飞扬盘旋，散落到地上，同时摔倒在地的还有被撞得眼冒金星的同事，对方一脸呆滞地坐在地板上，仍未反应过来发生了什么。

蒋少琰蹲下身，狠狠弹了一下对方通红一片的脑门。

“下次你再给汪哲灌酒，我就把你的脑浆撞出来，你信不信？”这番话当然只是威胁，他还不至于这么残暴，可他凶光毕露的眼神和刚刚的狠辣报复还真把那同事吓破了胆。

“信，信……对不起，我不知道……”

主持人见这两人迟迟不起来，连忙跑过来询问：“没事吧？”

蒋少琰站起身，连带着把人从地上拽起来，转头笑了笑：“没事，喝多了而已。”

受惊过度的同事哆哆嗦嗦地被搀扶着下了台，蒋少琰顺利晋级下一轮决赛。由于缺少搭档，主持人另外给他分配了一个男同事。蒋少琰本想拒绝，可看了眼台下巴巴望过来的汪哲，发现他似乎又喝了些酒，脸上更红了。

蒋少琰心一狠，当即同意了换搭档。

比赛继续进行，新上台的男同事乐呵呵地圈住全场最亮眼的搭档：“先说声抱歉啊，我的力气比较大，一会儿可能会弄痛你。”

蒋少琰冷淡地回道：“那我也先说声抱歉好了。”

“嗯？为什么啊？”

十秒后，这人就懂了为什么。

“天哪，太可怕了！”他脚步虚浮地走下台，惊魂未定地朝同桌人说，“刚才那人是什么怪物？我的老腰都快被勒断了。”

蒋少琰以无可匹敌的迅猛速度获得了游戏第一名，主持人刚要走过来颁奖，台下突然冲上来一人，摇摇晃晃的，拽起蒋少琰的手就往台下走。

“你干什么？”

蒋少琰欲挣脱，手腕却被攥得死死的，甚至传来丝丝疼痛。

不管他怎么喊骂，走在前头的汪哲都不松手，就这么一路硬拽着他离开，气呼呼地嘀嘀咕咕。

蒋少琰一愣，继而噗嗤笑出声，越笑越按捺不住。

他只好妥协，状似无奈道："真拿你没办法……好啦，原谅你了，真是的。"

早上，汪哲是被食物的香味勾醒的。

昨晚他本就没吃多少东西，此刻饥肠辘辘，闻着一点儿味道就醒了。他揉眼望去，瞧见裹着浴袍的蒋少琰正架着长腿坐在桌边吃酒店的早餐。

"哟，你醒了？"蒋少琰问。

汪哲宿醉完头有点痛，可还是微笑着回道："嗯，昨晚你睡得还好吗？"

他的笑容慢慢僵住——酒店房间的地上一片狼藉。

虽然他对昨晚的记忆有些模糊，但此刻再傻也明白过来，自己酒后肯定撒酒疯了，他脑子仿佛被一锤子狠狠砸过，震荡回响。他呆呆地望着蒋少琰，不敢出声。

"你怎么不说话了？"蒋少琰气定神闲地舀了一勺粥喝，"昨晚你不是很能耐吗？"

汪哲不知所措地揪紧床单，自责得要死："对不起，对不起。我不是故意喝醉的，你原谅我好不好？"

蒋少琰冷哼道："我早就说了，你哭着道歉都没用。"

汪哲的表情真的像要哭了，英俊的脸皱成一团，他立即下了床走过去："你怎样罚我都行，罚到你原谅我为止。我知道错了，再也不会犯了，你不要跟我绝交。”

蒋少琰舀粥的手一顿：“怎么就扯到绝交了？”

“我不够尊重你。”汪哲慌得手都有点颤，他知道蒋少琰有多骄傲，最讨厌不被人尊重。他犯了这等滔天大罪，蒋少琰一气之下不再和他往来，也并非毫无可能。

蒋少琰见他担心成这样，到底于心不忍，收起了故作冷酷的架势。

“傻狗，想什么呢！我是有点生气，但压根儿没想过这茬好吗！顶多我再罚你一星期而已。”

汪哲顿时如获大赦，长舒一口气，连先前难以接受的惩罚都变成了喜事一桩：“好好好，罚罚罚，几天都行！”

蒋少琰闷笑了几声，然后抬起头来，弯着眼睛说：“等罚完了，就快到你的生日了。到时候一起出去转转？”

汪哲脸上没有露出想象中喜悦的表情，反倒有些惊疑不定：“少琰，你……”

他明明没遵守承诺，不但没被严厉惩罚，反倒收获了奖励，怎么回事？难道又是陷阱？他同意了会不会被骂“你还真蹬鼻子上脸了”，然后被罚得更惨？

常年一不小心就掉坑里，从而被收拾的汪哲心下警铃大作，谨慎道：“不用了，我的生日随便过一过就好。”

蒋少琰：“嗯？”怎么和预想的不太一样？

“不用了。”

“好。”不爽的蒋少琰磨了磨后槽牙，一字一句道，“你等着。”

汪哲看着蒋少琰似乎十分不爽的表情，感到深深的迷茫和困惑。

他到底是回答正确了，还是错误了？

但总之，自从这次教训之后，他再也不敢喝醉了。

番外 初夏

Shao Shuo Ji Ju

今年的夏天格外热。

才刚七月初，气温已经三十摄氏度了，令人浑身倦怠，什么都不想干，只想吹着空调，喝着冰饮，窝在家里看剧打游戏。

蒋少琰却很想出去，很想打球。

起因是昨晚柳函在朋友圈晒了一张照片，是他们公司的篮球赛活动。柳函身穿球服，绑着额带，意气风发，和大学时没什么两样，配文是："今天打得真爽！"

蒋少琰都已经想不起上一次自己酣畅淋漓地打球是什么时候了。

他的工作不算忙，但终究占了生活的大半时间，周围也没同事喜欢打篮球，一个个不是忙着照顾家庭就是忙着升职加薪，哪儿还有人会天天打球。他身边倒是有一个愿意陪的，可汪哲公司事务繁多，自己再提这种要求，就很不人道了。

所以自从毕业后，他打球的次数越来越少，这项自己曾经在大学时代叱咤风云的技能如今已经濒临荒废了。

“唉。”蒋少琰重重叹了一口气。

“怎么了？”正在书桌前看电脑的汪哲一推滚轮椅，滑到他边上，“你有心事？”

“没，我就是想打球了。”

“行，你等我换身衣服。”汪哲起身要走。

蒋少琰拽住他：“不用，我随口说说的。”

汪哲道：“你都到叹气的程度了，内心肯定很想打篮球，走吧。”

蒋少琰道：“你不看公司的报表了？”

汪哲道：“不差这一时半会儿。”

蒋少琰想不出其他推辞方式了，只好老实说：“算了吧，我们两个打也没多大意思。”

汪哲的球技在大学时代稍微进步过一阵子，然而毕业后没有勤加练习，又退化了，现在的水平基本等同于初学者。要一起打自己当然也乐意，但这样的话，一来自己打得不痛快，二来汪哲纯粹是陪自己打，也耽误时间，何必呢。

许是他说得太直接，汪哲一听这话，脑袋就耷拉下来了。蒋少琰在心里抽了自己一嘴巴，补救道：“我不是不想跟你打球，我的意思是人多更热闹，而且今天太热了，改天再说吧。”

“好。”汪哲没什么精神地回答，转过椅子，继续看报表。

蒋少琰想了想，起身走过去：“既然不差这一时半会儿，那就先聊点别的吧。”

一小时后，汪哲下楼去做晚餐了，蒋少琰靠在沙发上，心里还是有点痒，于是拿过手机，在柳函那条朋友圈下回复：下周末有空吗？出来打一把？

柳函过了半天才回消息，蒋少琰收到消息时正在吃晚饭，看见那句“一把怎么够，陪您打一天”后忍不住笑出了声。

汪哲夹了一块糖醋鱼放进他碗里，问：“什么事这么高兴？”

蒋少琰如实说：“我约了柳函下周末打球，你有空吗，一起去？”

汪哲手上动作一顿：“行啊。”

蒋少琰：“正好周末小尧也回来，带他一起，虐虐他，让他知道自己几斤几两，省得他天天跩得要死。”

汪哲扑哧笑道：“小尧这点倒挺像你。”

蒋少琰扬眉：“你嘲讽我？”

汪哲连忙摆手：“没有没有，唔唔……”

蒋少琰气道：“你们一个两个都这样，我现在说话真是不管用了，是吧？”

汪哲哭笑不得：“你，你说话明明是……”

“停！”蒋少琰威胁道，“不准顶嘴。”

“……好。”

周末，柳函如约而至。

两人一见面便来了一个大大的拥抱：“少琰，好久不见啊！”

毕业之后大家各奔东西，偶有聚会，但终究不如在学校里见面那么频繁，上一次他们俩见面已经是半年前的事了。

“你最近怎么样？”蒋少琰问。

柳函说：“就那样呗。你呢？汪哲怎么没来？”

“他说公司有事，过一会儿来。”

“大忙人啊，还愿意陪你来打球，真是个好学弟。”这时，柳函注意到蒋少琰身后的男孩儿，“哎哟，这不是小尧吗？半年不见长这么高啦！”

蒋尧今年高一，颜值优越，俨然是一个校草级别的小帅哥了，身高也蹿得很快，比蒋少琰还高一截。此刻他手里抱着一个篮球，爽朗一笑：“柳叔叔好啊，确实好久不见，对了，您家女儿——”

蒋少琰摁下他的脑袋：“你别惦记人家女儿，学校里喜欢你的还不够多吗？”

蒋尧被摁着抬不起头，郁闷道：“我就问问！”

“鬼才信你。”蒋少琰告诉柳函，“这小子仗着自己受欢迎，学校里的小姑娘几乎都被他撩拨了。”

“我没撩拨，是那些人跟我表白……呃！”

蒋少琰把他的脑袋摁得更低：“你什么时候能好好谈一个对象？”

“我只考虑自己喜欢的。”蒋尧倔强道，“而且必须是贤惠温柔、体贴乖巧的人。”

蒋少琰冷笑道：“我跟你说，按照过来人的经验，你越想找这样的，越容易找到一个相反的。所以说，将来你很有可能跟一个冷若冰霜、整天揍你的对象结婚。”

“不可能！你别吓我！”蒋尧想想就觉得恐怖，奋力挣扎，“那我宁可孤独终老！”

柳函大笑道：“行了，哪有你这么对小朋友的。”

蒋少琰松开手：“他就是欠教育。开学就要转到新学校去了，不能再由着他胡来。”

蒋少琰稍微热身了两轮，汪哲就打来了电话，说是已经到体育场了，问他们在哪儿。

“就在室内篮球馆，你进门左手边的架子下面。”蒋少琰接着电话，目光往门口瞟，恰好瞧见篮球馆的门开了，进来一个穿着球服的高大男人，不由得一愣。

汪哲也看见了他，挂了电话走过来，挠挠头，不好意思道：“我来晚了，抱歉。”

柳函上下打量汪哲一遍：“你这是要去打全明星篮球赛啊？”

汪哲穿着宽大的球衣球裤，脚下崭新的鞋是最新款限量球鞋，手上绑着腕带，额头绑着额带，年轻时髦得仿佛放暑假过来打球的学生。即便是大学时期，蒋少琰也没见他这么穿过。

“我让小尧给我挑的。”汪哲不太自在地揪着衣角，“我球技不够，只能用架势来凑。”

蒋少琰没想到自己随口说的一句话，他会这么认真对待。

“我是不是穿得有点夸张了？”

柳函：“是有点儿。”

“没有。”蒋少琰看着他说。

汪哲问："那我们一队？"

蒋少琰笑了："我们当然是一队。"

蒋尧自觉地站到了柳函身旁，队伍迅速划分完毕。柳函拍着篮球，率先挑衅："我在上星期的公司篮球赛可是拿了全场MVP的，叫声'爸爸'我让你们三球，一会儿被打得痛哭流涕再求饶就没用了啊。"

蒋少琰也放狠话："我虽然很久没打篮球了，但让你们队输球的本事还是有的。"

柳函哈哈大笑："你做梦呢！"

蒋少琰朝旁边使了个眼色，汪哲会意，高喊："小尧！不准拦少琰！"

蒋尧无语至极："知道啦。"

柳函对他们的厚脸皮感到难以置信，怒斥："你们这是作弊！"

话音刚落，他手里的篮球已被一阵旋风卷走，蒋少琰出手投篮，一击即中："能赢就行。"

本该是一场平和的篮球叙旧赛，可由于双方队员挑衅过度，群情激昂，气氛剑拔弩张，硬是打成了一场决胜赛，仿佛谁赢了就能得到一百万大奖。

柳函追着在场上速度惊人的蒋少琰跑，可总是差那么一两步，只能眼睁睁看着球被投进去，无能为力。

篮球架下，蒋尧接过了球，急速往自己的半场跑，比蒋少琰有过之而无不及，但眼前突然一暗，一道高大身影挡在了他面前，势不让他通过。

蒋尧扶额道：“你这几天的篮球都是我教的，不能这么忘恩负义吧？”

汪哲惭愧道：“委屈你一下了，小尧。你不用放水，认真打就行。”

蒋尧叹了口气，突然身形一晃，带球过人，起跳投篮。篮球顺着一道长长的弧线飞向篮圈，即将落入。然而汪哲的反应力更为敏捷，在他动的一刹那就知道自己凭技巧拦不住这球，于是转身飞奔至篮下，在球即将落进去的前一秒起跳截杀，相当干净利落地扣下了这球。

蒋少琰看了全程，大喊一声：“漂亮！”

柳函一脸诧异：“汪哲，没想到你打得不错啊。”

蒋尧走过来邀功：“他这一周都在跟我学篮球，是我教得好好吗。”

蒋少琰隐约明白了，看向汪哲：“你不会是把那天的话当真了吧？我真没有嫌弃你打篮球打得不好。”

汪哲点头：“我知道，但我想，如果我学好了打篮球，你想打球的时候我们就能随时一起打个尽兴，不也挺好吗？”

“可这会耽误你工作啊。”

“没事，每天我就抽半小时打球，不耽误。”

柳函说：“我都要感动落泪了。”

蒋尧说：“还打不打？中途停下在篮球场上是犯规的啊。”

柳函说：“小尧，说真的，要不是你长得帅，你找对象堪忧啊。”

蒋尧：“？”

蒋少琰拿起毛巾，递给汪哲：“继续？”

“嗯。”

下半场比赛柳函打得痛不欲生。

他的队友小尧同学因为处处受限，发挥不出应有的实力。

原本说好了打两小时，结果对面兴致高昂，要求加时半小时，于是柳函又被迫多陪了半小时。打最后一个球时，柳函和蒋尧都没心思打了，在原地坐下，看着汪哲让蒋少琰骑在自己脖子上，笑着说：“投吧。”

蒋少琰抬手够到了篮圈，把球往篮圈里一扔：“进咯。”

柳函怒道：“你这是在侮辱体育精神！”

蒋尧理解地拍拍他的肩膀：“你习惯就好。”

蒋少琰跳下来，替汪哲理了理弄皱的球衣：“今天你的表现不错。”

汪哲笑笑：“你开心就好。”

“是挺开心的，不过我突然觉得打篮球也没那么有意思了。”

“那你觉得什么有意思？我陪你。”

蒋少琰高深莫测地勾唇一笑，凑到他耳边，说了一句话。

汪哲一愣：“这个简单……”

“好啊，别忘了你的话。”蒋少琰和他并肩走向蒋尧和柳函，“你们俩起来，吃饭去了。”

“我都看你们看饱了，还吃什么啊。”

“你不吃算了，我俩去吃。”

“别，大老远来一趟，你不请我吃饭，过意得去吗？”

“你说呢？”

柳函：“……”

一行四人拌着嘴走出了篮球馆。蒋少琰走在最前头，一出门便被七月初的热烈阳光晃了下眼睛，一瞬间，自己仿佛回到阳光灿烂、年少轻狂时。自己在操场的篮球架下打球，汪哲站在围观的人群里高喊：“学长，加油！”

一晃这么多年过去了，他们的生活都变化了许多，但有些事似乎从未变过，依然如此新鲜，依然如此有趣，依然如此令人心动。

— 全文完 —